AF578842

MUJER con rosa en el pubis

MUJER
con rosa en el pubis
JOSÉ HUGO
FERNÁNDEZ
EDITORIAL PRIMIGENIOS

Primera edición, Miami, 2022

ISBN: 9798845989963

Edita: Editorial Primigenios
Miami, Florida.
Correo electrónico: editorialprimigenios@yahoo.com
Sitio web: https://editorialprimigenios.org

Edición y maquetación: Eduardo René Casanova Ealo

El mundo se divide en dos: los que encañonan
y los que cavan. El revólver lo tengo yo,
así que ya puedes coger la pala.

Clint Eastwood, en el filme **El bueno, el feo y el malo**

1

La cerradura de la puerta que daba al cuarto de mi madre estaba rota. En su lugar había un pequeño agujero. Desde mis nueve o diez años de edad me empiné para curiosear. Entonces los vi. Ella, desnuda, recostada boca arriba en la cama, tenía el pubis adornado con una rosa roja e intentaba cubrirse los senos y el rostro, ambos a un mismo tiempo, con alternancia de sus dos manos. Él, parado frente a ella y de espaldas a mí, de impoluto uniforme verde olivo, pero con el pantalón caído hasta el suelo, mostrando sus muslos peludos como los del hombre lobo. Inclinaba hacia atrás la zona del cuerpo que mantenía uniformada, en tanto, la zona peluda se arqueaba en un declive tembloroso hacia la cama. Tenía la mano izquierda abierta, con los dedos afincados contra la cintura, como si estuviese aguantándose el riñón, mientras su mano derecha se me perdía de vista. Apenas pude verle el antebrazo que bajaba y subía frenéticamente, en dirección al bajo vientre.

2

Todas las ganas desaguan por un hueco: del horizonte, del cuerpo, del tiempo, de la tierra. Y por ahí mismo entran los aprendizajes. Si algo bajo el cielo fue creado a semejanza de Dios son los huecos. Filosofía cervecera, ya lo sé, pero funciona, en mi caso al menos. Lo mío es el totemismo del hueco. Quizás se deba a lo que me ocurrió aquella vez. También hay huecos que son protuberancias. Abismos al revés. Cuentan que al poeta Lezama Lima se le desbocaban las endorfinas ante el bronco luchador comunista Julio Antonio Mella. Cuentan que Mella se derretía ante la frágil, vaporosa y sensual Tina Modotti. Puedo entenderlo, ya que el roce entre antitéticos provoca combustión. Más me desconcierta, porque tal vez resulta excesivo para la capacidad de discernimiento o para la paciencia de cualquiera, la mía incluso, que a un alcornoque, a un ogro sin alma y sin mollera como el coronel Lorenzo Durán López, le fascinasen a la vez Lezama Lima, Mella y la Modotti. Las líneas que siguen a continuación –pescadas en el hueco túrbido de la memoria- son trasunto de estas limitaciones mías, que no obedecen en modo alguno al desconocimiento. Todo lo contrario. Nadie conoció mejor que yo al coronel. Nadie le temió más que yo. Nadie tuvo tantas razones como yo para odiarlo.

3

Dicen que los amigos los escogemos nosotros y que los familiares nos los impone Dios. Más bien parece que ambos son impuestos por las circunstancias, o sea, por el diablo. El coronel Lorenzo Durán López era tío mío, o eso creí durante una buena parte de mi vida. Fue además mi tutor y hasta un poco mi paño de lágrimas en el despertar de la primera inocencia. Hablo de los días en que descubrí -y luego construí, para intranquilidad del resto de todos mis días sobre la tierra- aquellos agujeros reveladores de los íntimos relapsos de mi madre. Frecuentemente vuelvo a verme sentado sobre las piernas del coronel. Es en una vieja fotografía de familia que no me acostumbro a mirar sin que se me afloje todo por dentro, desde los cordales hasta el cálculo de la vesícula, pero que por algún inexplicable motivo no he decidido echar al fuego. Mi padre no aparece. Él nunca estuvo, o eso creí durante una buena parte de mi vida. Pero aparecen mi madre y mi hermana mayor, Ángela. El coronel Durán López está en el medio. Es el único que aparece sentado, tan tributario como él podía serlo, con su impoluto uniforme verde olivo, sus grados de oficial y con *La Rubia* a la cintura (así le llamaba él a su reverberante pistola *Luger*, a la cual no me quedará otro remedio que volver más adelante). Por aquellos días no supe nunca con exactitud si Lorenzo Durán López era capitán o mayor o coronel, tampoco si pertenecía al ejército o al ministerio del interior. Yo sabía muy poco sobre demasiadas cosas. Más o menos como hoy. Lo que sí sé es que se me emponzoña la memoria cada vez que me detengo a mirar esta foto. Es como si volvieran a asaltarme las ganas de evacuar el vientre que sentía apenas el capitán o mayor o coronel me levantaba en vilo para cargarme. Y casi inmediatamente advertía aquel cabeceo debajo de mis nalgas, meciéndome, quemándome. Menos sufrible hubiese sido permanecer sentado sobre una fragua de herrero. Sin embargo, nunca protesté. Era por miedo. Pero no únicamente por miedo a Durán López. También (y mucho más) a su uniforme. Hasta un punto en que fueron incontables las noches que me pasé sin dormir, con los ojos desorbitados, escrutando las sombras por el hueco de mi indefensión, pues me resultaba imposible cerrarlos ante el uniforme vacío, sin el coronel, pero siempre al acecho, colgado de un perchero.

4

Tiene que haber sido hacia mediados de la década de los años setenta, pues recuerdo que pasaba casi todo el tiempo canturreando *Tu nombre me sabe a hierba*. Y así me descubro ahora, mediante el hueco de las rememoraciones, tratando de imitar la voz vibrátil y algo gargajienta de Joan Manuel Serrat. Creo verme en el instante en que soñaba con ser un catalán sofocador de las mujeres, famoso, díscolo, con la melena larga hasta la cintura, presto a ensalmar espejismos mediante las canciones más cálidas y acariciadoras y pegajosas que habían tocado fondo en las orejas del mundo, de mi mundo al menos. Es de noche, supongo que poco antes de que den las diez. Por entonces disponía ya de un segundo agujero para el acceso a las intimidades de los mayores. Yo mismo lo abrí con un destornillador, hincando con inusual paciencia la pared que separaba el dormitorio de mi madre y el mío. Así que cuando aquella noche escuché sus voces, con inflexiones más altas y creo que un tanto más exaltadas que de costumbre, interrumpí mis ensueños para asomarme a espiar. Siempre necesitaba mirarlos por el agujero para entender lo que hablaban. Si no los veía, no lograba captar la sustancia de sus palabras. Y mucho me llamaron la atención sus palabras aquella noche, por más que no iba a ser sino varios años más tarde cuando conseguiría percatarme cabalmente de todo su peso. Ella parecía estar muriéndose del susto. Además, llevaba toda la ropa puesta, lo cual me sorprendió. Una y otra vez le repetía a mi tío el coronel que estaba loco y que era un hombre de mala entraña. Una y otra vez le preguntaba si no había pensado en lo que sería de nosotros si él caía en desgracia por culpa de sus locuras. Nosotros éramos mi madre y yo, supongo, pues mi hermana Ángela se había escapado de la casa con un friki del barrio (o eso creía yo), justo el día en que cumplió los 16 años de edad, y por mucho tiempo no volvimos a tener noticias suyas, o al menos yo no las tuve. El coronel estaba muy borracho, tal vez drogado, o ambas cosas, y sus únicas respuestas consistían en risotadas atronadoras, mientras saltaba como un mono, repitiendo algo así como "lo jodí, carajo", sin hacer el menor caso a los reproches de mi madre. Abundante agua debió pasar por debajo de las arcadas, como ya he dicho, antes de que yo consiguiera enhebrar los detalles para la descodificación de aquella charla. Únicamente entonces supe, aunque sería más exacto decir deduje, que esa noche, aprovechándose de un apagón general en la ciudad, el coronel Durán López embadurnó con mierda ("con mi propia mierda", pregonaba, dándose fuertes puñetazos en el pecho), la escultura de Julio Antonio Mella que está situada frente a la escalinata de la Universidad. Es presumible que antes de aquella escena presenciada por mí a través del agujero, el coronel ya hubiese informado a mi madre sobre lo que hizo, lo cual explicaría el gran nerviosismo de ella, y, a la vez, el modo tan lacónico con que él lo refrendaba ante mi ojo observador. Lo cierto es que más tarde no me costó un gran esfuerzo realizar averiguaciones que me permitían sincronizar la ocurrencia real de este caso con la fecha en que mi tío se lo acreditó. Aún más, averigüé que aquella no fue la única vez que la estatua de Mella había sido mancillada por manos ocultas. Y finalmente, terminé por escuchar la confesión de su autoría mediante los propios labios de mi tío, ahora sin mostrar la menor exaltación, sino en un relato frío, copioso, pormenorizado, y con ese aplomo, ese regusto cínico con el que solía contarme sus rancias hazañas. Recuerdo también que ante mi pregunta sobre lo que hubiera podido sucederle a un hombre como él, combatiente de la Sierra Maestra y oficial del ministerio del interior, si lo sorprendían profanando el monumento al fundador del primer partido comunista cubano, mi tío el coronel se limitó a responder algo así como "basta con que hagas lo que nadie espera que hagas, para que no te sorprendan haciéndolo". No estoy seguro de que un tipo tan ladino lo apostara todo basado en un concepto tan dudoso. Pero eso fue lo que me dijo, y solo el diablo sabe qué ocultaba.

5

Por supuesto que en el origen de todo aquel tejemaneje estaba la presencia o más bien la esencia de Tina Modotti. No será el primero, pero es el más remoto antecedente de que tengo memoria. Mi tío el coronel la adoraba. No es que adorase sus fotografías y su historia, o su leyenda, sino que la adoraba a ella, palmariamente. Un contrasentido, si se miran las cosas desde el ángulo plano. Porque cuando la Modotti se murió de repente dentro de un taxi, en Ciudad de México, allá por enero de 1942, mi tío tendría unos quince años de edad más o menos. Eso sin contar que para entonces ella era ya punto menos que piltrafa, un ánima en hueso y pellejo, a pesar de que no habría cumplido 47 años. Según lo poco que he leído, y lo mucho que le oí contar al coronel (equivalente a menos de lo poco que he leído), en sus buenos días Tina Modotti fue muy hermosa, "un joyel de trigueña –solía decirme él-, de baja estatura pero con todas sus líneas como hechas a mano por algún genial orfebre que aspirase a la perfección. Los hombres se enamoraban de ella con solo mirarla, y ella se enamoraba de la manera en que la miraban los hombres". Son palabras textuales de mi tío el coronel, o más de una vez las escuché salir de su boca, aunque desconozco si eran originalmente suyas. En cualquier caso, no me convencen las escasas descripciones de Tina que conozco. La fábula sobre su belleza exótica, gitana con pinta de loba de ojos caídos y largas pestañas, al estilo de Josef von Sternberg, no encaja en mi modelo. Pero tal vez la idealizo, ya que se parecía tanto a mi madre. En lo físico quiero decir. Y ninguna menos indicada que mi madre para remitirnos al *glamur* de cejas puntiagudas y carrilitos acorazonados en los labios. Aunque si se trata de glamur, más me complace la comparación con Vera Jolodnaia, aquella exquisita heroína del viejo cine ruso, que era naturalmente hermosa, y trágica, igual que Tina y que mi madre. Cuentan que la Jolodnaia murió envenenada por el aroma de un ramo de lilas que le obsequiara uno de sus amantes, cuando tenía 22 años. Final a la carta, el que mejor le encaja a su leyenda. Y también es la única diferencia que percibo entre esa bella dama y las otras dos. Pero no hay que estar muy seguro.

De hecho, el coronel Durán López solía jurar en mi presencia que aquella que murió dentro de un taxi en Ciudad de México no era Tina Modotti, sino una impostora que ocupó su identidad por orden del Socorro Rojo Internacional, organización terrorista a la que ella había servido durante años como agente secreta. La falsa Tina, según mi tío, anduvo borrando pistas por Europa durante diez años, aproximadamente. En tanto, la verdadera vino a vivir furtivamente en Cuba, haciéndose pasar por institutriz al servicio de la alta burguesía habanera, bajo el nombre espurio pero refrescante y límpido de Aurora Barrios. Juraba el coronel –y hubo temporadas en que lo juraba a diario- que así fue como llegó a conocer personalmente a Tina Modotti, alias Aurora Barrios, hacia mediados de la década de los 40, fecha en la que ella habría empezado a peinar canas, en tanto él apenas se adentraba en la hombría. A mí que nadie me lo crea. No soy sino un testaferro. Es la historia de mi tío, el coronel Lorenzo Durán López, delineada por su mano, con inmundicias y con sangre.

6

Cuando mi hermana Ángela aún estaba en casa, dormía con mi madre. Yo dormía en el otro cuarto, con el coronel. Pero después que mi hermana se hizo humo, el coronel se trasladó definitivamente para el cuarto de mi madre. Y, fatalmente, se llevó consigo aquella colección de fotografías que era mi único entretenimiento y mi deleite. En especial había dos fotos de Tina Modotti –dos entre varias decenas- que no me cansaba de mirar, aunque por diferentes razones. Los claroscuros y los sepias de esas fotos trazan hoy un hilo de rara perturbación en mis recuerdos. La primera no era exactamente una foto suya, sino la reproducción fotográfica de un dibujo a línea que le hiciera uno de sus maridos, tal vez el primero que tuvo. Ella está acostada, bocarriba, desnuda, con el sexo cubierto por una rosa que se me antoja de color rojo encendido, y con pétalos sobre los pezones. Sospecho que la desnudez debe haber constituido algo así como un broquel natural para Tina. En la siguiente fotografía también se muestra como Dios la trajo a su valle, pero está sentada en un amplio butacón, cruzando una pierna sobre la otra, digamos en actitud de pícaro recato, y sonríe, al tiempo que ladea la cabeza y levanta tenuemente la mano derecha, con la palma abierta, como para saludar entre tímida y procaz. Desde que tuve uso de razón siempre oí decir que esta segunda instantánea se la había tomado Roberto Rodríguez Decall (una de las antiguas lumbreras del Club Fotográfico de Cuba) a Aurora Barrios, quien, según mi tío el coronel Durán López, era la mismísima Tina Modotti, que no murió en Ciudad de México, a consecuencia de un infarto, sino en La Habana, por el efecto de un misterioso asesinato.

7

Si es verdad que la fuerza y la grandeza del hombre pueden ser sopesadas por la magnitud de su caída, entonces, la grandeza de la mujer tal vez se deba medir por su capacidad para levantarse luego de haber caído. En tal caso, Tina (la Tina de mi tío el coronel) vendría a resultar paradigmática. De niña raquítica y desprotegida, a símbolo sexual de su época. De hija pobre de un pequeño pueblo perdido a orillas del mar Adriático, a ilustre ciudadana del mundo. De musa de fotógrafos, a gran fotógrafa ella misma. De seducida a seductora. De víctima rebelde del poder, a sultana de ricos y famosos. De agente bajo las órdenes de la dictadura de Stalin, a combatiente, entre los republicanos españoles, contra la dictadura de Franco. De amante inconsolable por el crimen del amado, a querida de uno de sus asesinos. De liberal a dogmática, y otra vez a liberal. De revolucionaria a terrorista. De terrorista a musa del gansterismo y a institutriz de niños ricos en La Habana elegante de las primeras décadas del siglo veinte. A partir del año 1930, cuando fue expulsada de México, debido, según la versión de Durán López, a ciertos extraños vínculos con el asesinato de Julio Antonio Mella, Tina había vivido casi diez años en Europa, que fue donde logró borrar las pistas sobre su verdadera identidad, gracias a la condición de agente secreta del Socorro Rojo Internacional. De manera que aquellos que la vieron de regreso en Ciudad de México, hacia finales de ese mismo decenio, no era a Tina Modotti a quien estaban viendo sino a la usurpadora de sus señas de identidad. Es lo que contaba mi tío el coronel Durán López y lo que me juró haber escuchado en confesión textual durante una de sus charlas (íntimas, decía) con Aurora Barrios. Lo cierto es que siendo un jovencito, más o menos con la edad que tenía en el momento en que aseguró haber conocido a Tina, él debió empezar a trabajar como sirviente en una casa quinta de El Vedado, propiedad de los Suárez Dumás, familia habanera de gran copete en la época, según mi tío. Entonces contaba que fue en esa casa donde tuvo el privilegio de relacionarse con Aurora, alias Tina, primero, desde lejos; luego, acercándose con entrecruzamientos de miraditas modosas y de zorros piropos, hasta que finalmente consiguió estrechar el cerco. De igual manera contaba que aquella cercanía estuvo a punto de costarle la vida, cuando, ya un poco más tarde, iba a verse envuelto, en calidad de testigo presencial, en ciertos acontecimientos que desembocaron en el crimen de la sedicente Aurora Barrios. Son historias que durante mi primera juventud estuve escuchando con machacona insistencia en labios de Durán López.

8

Pero nunca me pareció tan machacón mi tío el coronel como cuando le daba por despotricar contra Mella. Aquello era inaudito. El coronel Durán López vivía torturado por dos ideas fijas: su loca pasión por Tina Modotti y una especie de roña, vehemente, enfermiza, ridícula contra Mella. No sé si roña sea el término exacto. Porque se trataba de un sentimiento enrevesado. No en balde los filósofos de barra y bolero suelen jurar que el odio es cariño, hasta un punto en que no es posible precisar dónde acaba uno y comienza el otro. Creo que algo así experimentaba mi tío ante la memoria de Julio Antonio Mella. De pronto, comentaba desdeñosamente que su pretendida historia de amor con Tina no había sido sino un romance de ocasión que apenas duró cuatro meses, habiendo surcado por el alma de ella con menos calado que un kayak monoplaza. O afirmaba en modo incontestable que el verdadero motivo que condujo a Tina Modotti hasta los brazos de Julio Antonio Mella no fue más que una orden del Kremlin para que lo espiara, debido a las públicas divergencias del amante con los dictados de la Internacional Comunista. Sin embargo, con la misma lo veía retorcerse de celos y de envidia ante lo que llamaba el imprudente capricho sentimental que había situado a Tina en desventaja frente a la arrasadora personalidad de Mella. Todavía recuerdo, como si los tuviera delante ahora mismo (hueco de la pared traslucido mediante un hueco en la memoria), la primera vez que lo vi obligando a mi madre a que abrazara sus zapatos vacíos -los zapatos del coronel- y llorase sobre ellos, apretándolos contra el pecho. Durante muy largo tiempo desconocí el motivo de aquella absurda humillación que con tanta frecuencia le imponía el coronel a mi madre. Hasta que un día me enteré, por un libro, que Tina Modotti, quien acompañaba a Julio

Antonio Mella cuando lo asesinaron, no había llorado junto a su cadáver. Sin embargo, muchas horas después, al llegar de regreso a la casa y ver los zapatos del examante debajo de la cama, esperando aún por su dueño, fue cuando se abrazó a los zapatos y dio riendas sueltas al dolor.

9

Así que el crimen de Tina, que, según mi tío el coronel, vendría siendo el crimen de Aurora Barrios, sensual terrorista blanqueada por el gansterismo habanero bajo el disfraz de institutriz, tuvo lugar en circunstancias no menos inextricables que las de su vida, o sea, de la que fue o pudo ser su vida entre las décadas de los años 30 y los 40, del siglo veinte. Me contaba Durán López que Aurora, alias Tina, era una chiflada cinéfila, afición que él compartía y gracias a la cual se le facilitaron las cosas para intimar con ella. En realidad no fueron muchos (pero alinean entre los muy escasos recuerdos agradables que conservo de mi tío) sus relatos acerca de los paseos que decía haber realizado por La Habana junto a ella, los cuales terminaban indefectiblemente en los cines de barrio, muy en particular en los construidos o remodelados a partir del estilo *Art déco*, que por entonces aún no era reconocido por ese nombre, sino por el de simple "arte moderno", y que justo entre los años 30 y los 40, hizo su agosto en las salas cinematográficas habaneras. Mi tío me contaba cómo a veces Aurora le pedía que la llevara a ver una película en lugares bien distantes del centro de la capital, por más que estuviesen exhibiendo esa misma película en cines muy próximos. Y era por la especial atracción que sentía ella ante los inmuebles *Art déco* destinados a cines. De modo que, según mi tío el coronel, no fueron pocas las ocasiones en que necesitaron desplazarse digamos hasta la lejana localidad de Boyeros, solo por visitar el cine *Lutgardita*, portento del *Art déco* habanero, con la consecuente profusión ornamental, inspirada sobre todo en detalles de la Hispanoamérica precolombina. Otras veces iban desde El Vedado hasta la Calzada de Jesús del Monte, con tal de ver la película en *El Moderno*, que, según mi tío, fue el primer cine Deco de Cuba; o hasta el entonces lejano

Marianao, para visitar el cine *Arenal*, otra de las salas representativas de este tipo de arquitectura. También solían pasearse por La Habana con el plan de ver fragmentos de distintos filmes en todos los cines *Art déco* que hallaran en su camino, desde el *Finlay*, en la calle Zanja, hasta el *Fausto* o el *Ideal*, en La Habana Vieja, pasando por el *Águila de Oro*, del barrio chino, un Deco sazonado con olor a opio. Aurora, alias Tina –contaba mi tío-, era una espectadora a la que cualquier película le venía bien, aunque le apasionaban muy en especial las comedias y los dibujos animados. Había trabajado como actriz en varias producciones de Hollywood, experiencia a la que gustaba referirse en tono de chanza, a pesar de que, según Durán López, le propició la posibilidad de ser –en caso de que ella lo hubiera deseado- una glamorosa vampiresa del cine mudo. Por lo menos hacia eso apuntaba, o dijo mi tío que apuntaba luego del éxito que alcanzara como protagonista de una película cuyo título, si mal no recuerdo, es *El escudo del tigre* o *El pelaje del tigre*, algo así. Pero entonces se enamoró locamente de un hombre. Y aunque esto no me lo haya dicho el coronel, parece que los enamoramientos locos fueron siempre para Tina como locos golpes de timón que le alteraban el rumbo de la vida.

La cuestión es que si nos atenemos al testimonio de mi tío, filtrado, para colmo, por el hueco túrbido de mi memoria, la susodicha Aurora Barrios se paseaba por La Habana hacia la segunda mitad de la década de los 40, es decir, varios años después de la fecha oficial del fallecimiento en México de Tina Modotti; y, siendo ya una cincuentona, iba al cine como si tal cosa del brazo de un hombre que aún no había cumplido los veinte, de lo cual se infiere que también hacía como si tal cosa lo que hacían (y aún hacen, aunque desgraciadamente cada día menos) todas las féminas que se adentran con un veinteañero en las propicias oscuridades de una sala de proyecciones. De hecho, aunque jamás lo vi leyendo a Cabrera Infante, el coronel solía repetir con pueril jactancia que fue en una de esas salas, justamente en la del cine *América*, de la calle Galiano, donde conoció el vértigo de ser tragado a través de su tronco viril, por una ávida, húmeda y ardorosa boca de mujer. Estoy citándolo casi al pie de la letra, con adjetivos incluidos. Y dejo por descontado que aquella boca tragadora no era sino la de Aurora, alias Tina. También doy por descontado que una experiencia tal no habría podido ser vivida por ellos en otro cine que no fuese el *América*, considerado en aquella época como el mejor de La Habana, no solo por su majestuosidad arquitectónica (*Art déco*, no más faltara), sino por la superioridad de sus recursos y equipamientos técnicos y por su moderno confort.

Pero además de conocer el vértigo de ser tragado, también dentro del cine *América* y junto a Tina, mi tío el coronel iba a entrar en contacto por primera vez con la violencia criminal, ya no como espectáculo que se limitara a observar cómodamente desde su butaca, sino como vivencia cruda que lo marcó y que definiría su vida.

10

Para empezar, fue por conducto de Aurora, alias Tina y justo a propósito de sus visitas al cine *América*, como Durán López se proveyó de su primera arma de fuego. Y no era un arma cualquiera, sino una intimidante pistola *Luger Parabellum* P08, de 9 mm, idéntica a la que usó Gary Cooper en la película *Sergeant York*. Precisamente me contaba mi tío que al ver esa película había quedado impresionado con el arma que usaba el protagonista, muy en particular se admiró con una escena en la que el tal sargento York, encarnado por Gary Cooper, mata a varios soldados alemanes con un solo disparo, ya que iban en fila. Tina, alias Aurora, que al parecer no era neófita en la materia, le explicó a Durán López que por extraño que le resultara, este personaje, York (basado en un héroe real, el más condecorado militar estadounidense en la Primera Guerra Mundial), había matado a esos soldados en fila con la más famosa entre las armas de mano de los propios alemanes. Fue la primera referencia que recibió mi tío sobre la *Luger*, cuya existencia desconocía entonces por entero. También la vio por vez primera en aquella película, sin sospechar quizá que con el tiempo se convertiría en un coleccionista obsesivo de pistolas *Luger*, justo a instancias de Tina, alias Aurora, quien, pocos días después de que hubieran visto la película, dejó sin resuello a mi tío al obsequiarle una pistola exactamente igual a la del sargento York, o más bien a la de Gary Cooper, ganador de un Oscar por su encarnación fílmica. Como he dicho, fue esa la primera de una colección de más de una decena de *Luger* que llegaría a poseer el coronel Durán López. Y no fue la única que le regaló Tina, alias Aurora, según me contaba. Tampoco terminaría siendo la más apreciada por él, a pesar de ser la primera, pues, no mucho tiempo después, Tina, alias Aurora, iba a regalarle, por su cumpleaños, una *Luger* recién fabricada, en realidad una joya de colección, también *Parabellum* P08, de 9 mm, pero de acero inoxidable. Sería la recurrente y tenebrosa *La Rubia*, que él iba a usar (y a reverenciar) durante todo el resto de su vida. Pero ya tendré tiempo de volver más adelante a *La Rubia*, si es que no me queda otra alternativa. De momento, me limito a la puntualización de un pintoresco equívoco con el que vivió y murió mi tío el coronel, y gracias al cual se hizo coleccionista y entusiasta un tanto enfermizo de las pistolas *Luger*. Según la película *Sergeant York*, Gary Cooper mata a todos esos alemanes con un solo disparo debido a la singular potencia de su *Luger*, pero no fue eso lo que parece haber ocurrido en la vida real, pues, de acuerdo con lo escrito por los biógrafos del personaje histórico que encarna Cooper, el verdadero York le disparó a los alemanes con su arma reglamentaria, que era una Colt 1911, calibre 45. Sin embargo, a la hora de filmar la película hubo que poner en las manos de Gary Cooper una *Luger*, porque la Colt no disparaba las balas de salva tal y como exigían las normas técnicas de la filmación. Y fue así cómo, al margen de sus indiscutibles méritos como una de las mejores pistolas de la historia, la *Luger* ganó fama mundial y se convirtió en objeto de culto por parte de todos esos energúmenos y acomplejados que (al menos para mi gusto) son los coleccionistas de armas.

De cualquier manera, el hecho de que se haya acercado a ese tipo de pistola a través del cine, no fue lo que determinó el primer contacto de mi tío el coronel con la violencia criminal. Muchos, demasiados episodios de vandalismo y muerte conocería él, y en muchos, demasiados, participaría como principal protagonista, con o sin el concurso de sus pistolas *Luger*. Mas, para nada tuvieron que ver las influencias que recibió del cinematógrafo. Aun cuando, en efecto, el primer acercamiento de mi tío el coronel a lo que podríamos llamar la mala vida sí tuvo lugar dentro de una sala de proyecciones, la del cine *América*, y junto a Tina, alias Aurora.

11

Sabido es que nadie recuerda las cosas tal como fueron. Solo recordamos el recuerdo de las cosas. Y así se va montando este sainete que es la vida, hilvanado con destilaciones de los sesos, más y menos sustantivas, más y menos fatuas, caprichosas o malévolas, según sea el seso que destila, pero que en todos los casos sirven a los historiadores para delinearnos un pasado que a su vez provee las destilaciones del porvenir. Es lo que he dicho sobre el hueco como principio de la existencia: por donde mismo nos vomitan, nos tragan, nos vomitan, nos tragan...

No recuerdo que mi tío el coronel me haya detallado alguna vez cómo fue que Tina, antes de convertirse en su vértigo tragador, pero sí después de que ya todo el mundo la creyera hecha polvo, ejecutó su doble maroma desde el terrorismo de extrema izquierda internacional hasta las huestes gansteriles de La Habana. En cambio, recuerdo sus comentarios sobre las confidencias que ella solía hacerle en torno a lo que llamaba "la voluptuosa cuestión". En varias oportunidades me habló de los roces de Tina con pandilleros y mafiosos. Pero lo más revelador que ahora consigo entresacar de sus anécdotas sobre el origen de tan curiosa vinculación, es un nombre, sobre todo un nombre, o más bien un apellido: Tro. No hay lugar para confusión porque nunca he conocido a nadie más que se apellidara así. Pero con el nombre sí tengo mis dudas, ya que era menos singular. Tal vez Eusebio, Emilio, Eugenio, Evelio... Recuerdo también haberlo visto en foto, una instantánea (amarillenta ya por la acción de los años) que mi tío había recortado de la página de alguna publicación de la época, probablemente la revista *Bohemia*. De cualquier modo, me resultaría imposible memorizar su rostro, pues en esa foto no se veía con claridad. Estaba tirado a la larga en el suelo, herido como consecuencia de una refriega callejera entre oficiales del ejército o de la policía, o del ejército y la policía, unos contra los otros, ya que ambos bandos eran igualmente gansteriles. Según mi tío el coronel Durán López, fue la última matazón en que participó el tal Tro, porque aquella vez le tocaría a él poner el muerto.

Todo indica que este sujeto había sido de armas tomar, enredado siempre en una reyerta distinta, no solo por ser comandante de la policía en el momento en que murió, aunque también por eso, pero sobre todo por su largo historial de hombre violento –sanguinario, enfatizaba mi tío el coronel-, generador de enemistades y de odio; y por si fuera poco, metido hasta el pelo en todo tipo de negocios y de conspiraciones gansteriles. Durán López sostenía que por mediación del tal sujeto fue que Tina, alias Aurora vino a recalar en La Habana, y también aseguraba mi tío que precisamente por ser amiga de Tro (o tal vez más y al mismo tiempo menos que amiga, digamos compinche, cofrade o amante...) fue que Aurora Barrios, alias Tina, terminó con la boca llena de hormigas muy poco después de que liquidaran a Tro, o sea en los meses finales de 1947.

12

Cuando el coronel Durán López vestía a mi madre (y esto es literal, él la vestía con sus manos, imponiéndole el uso de cada pieza de ropa; me consta porque los vi muchísimas veces a través del hueco en la pared, no menos claramente de lo que vuelvo a verlos ahora mismo por el hueco de las remembranzas), pues cuando él la vestía con falda negra, blusa blanca, zapatos negros de trabita con tacón bajo, y una chaqueta negra; y cuando, al peinarla (ya que también la peinaba), le hacía un moño redondo, cubierto con una peineta roja, en lo más alto de la cabeza, yo sabía de antemano para dónde iban. Porque según el propio coronel me contó, así acostumbraba a vestirse Tina, alias Aurora (¿o tendríamos que invertir el alias?), cuando iban juntos al cine. Incluso, así estaba vestida ella la última vez que se tragó a Durán López, justo en el cine *América*, minutos antes de que desapareciera intempestivamente de su butaca para reaparecer varios días más tarde, a orillas del río Almendares, muerta, con un agujero en la frente, marca inequívoca de *Parabellum* P08, de 9 mm.

13

Recuerdo (¿cómo podría olvidarlo?) que siendo ya un hombrecito me gustaba seguirlos. Aunque no sé si al anotar "me gustaba", estoy empleando el término correcto. De cualquier manera, me gustase o no, los seguía, puntualmente, jamás dejaba de fisgonearlos, y no fueron pocas las veces que me sorprendí esperando con una cierta ansiedad nuevas oportunidades para hacerlo. Sobre todo me gustaba seguirlos cuando iban al cine *América*. Y ya he dicho que lo sabía de antemano por la forma en que el coronel vestía a mi madre. También me aprendí de memoria (y todavía hoy lo escenifico de vez en cuando para mis adentro) aquel ritual, morboso y a la vez fermentador del morbo. Desde el instante en que la encueraba a la pelota para disponerse a vestirla, empezando por las medias negras sujetas con ligas rojas, hasta el clímax, ya en el cine, cuando, aprovechando las escenas menos luminosas, le deshacía el moño para tirar de sus cabellos, muy ásperamente, con ambas manos, hacia abajo, hacía sí, mientras ella lo succionaba por el tronco viril... Era un espectáculo del cual siempre me resultó imposible apartar la vista. Como ante las clásicas imantaciones del abismo. Suscitaba en mi interior desavenencias muy turbadoras. Me sentía revuelto por el asco, y, al mismo tiempo, era como si mis pupilas se dilataran debido a una curiosidad incontrolable, una suerte de cosquilleo que me cortaba el resuello y que no me permitía otra cosa que no fuese observar, anegar mis ojos y toda mi puerca humanidad con aquella visión. Generalmente terminaba masturbándome. Eso también lo sabía de antemano. Lo hice. Volví a hacerlo. Seguiría haciéndolo. Y por más que luego se me retorciera el mondongo, al punto de quedar inútil sobre una cama, horas, días, semanas con los músculos entumecidos, enfermo de odio hacía mí mismo, jamás pude evitarlo.

Fueron muchísimas las veces que me vi envuelto en esas guarradas, la mayoría en el cine América, pero no solo. También iban (íbamos) con frecuencia al cine Actualidades, de la calle Monserrate, o al Negrete y al Capitolio, de Prado, o al cine La Rampa, de la calle 23, o al Finlay, en la esquina de Gervasio y Zanja. Sentado muy cerca de ellos, casi siempre en la fila posterior, justo detrás de sus butacas, engurruñando los párpados con la ilusión de que así podría traspasar mejor las sombras. Es como me recuerdo ahora, en salto retrospectivo a mis años mozos, hacia finales de la década de los 70. Así que estoy hablando de un período en que mi tío el coronel Durán López había alcanzado ya la media rueda, en tanto mi madre rondaba los cuarenta, pues era menor que él en algo más de diez años.

14

Entre aquel montón de circunstancias guarras, me vienen a la mente dos muy particulares. Dos sobre el resto. Aunque podría ser que tal particularidad no esté dada por las circunstancias en sí, sino por el modo en que esas circunstancias pinchan hoy mi memoria. La primera está relacionada con la película *Tristana*, de Buñuel, o más propiamente con una escena de la película, aquella en que Catherine Deneuve, quien encarna a la protagonista, bella pero muy agria y retorcida joven -porque le falta una pierna-, se exhibe desnuda y sin la pierna ortopédica ante un muchacho sordomudo que la adora. Fue la única vez que recuerdo haber conseguido apartar la vista de mi madre y mi tío para fijarla en la pantalla. Y recuerdo que en esa oportunidad me masturbé viendo (o más bien queriendo ver) a Tristana desnuda en el balcón, parada sobre una sola pierna. Asimismo recuerdo que por unos minutos reparé en que mi tío el coronel estaba con la vista en alto, pendiente de la pantalla, y también se masturbaba, olvidado momentáneamente de mi madre. La otra circunstancia digamos cinematográfica que estoy evocando ahora -ya que igual se relaciona con mi tío el coronel y con mi madre y con Aurora, alias Tina-, es la del reestreno en el cine La Rampa de la película *Cenizas y diamantes*. Pero no es porque en esa película ocurriese algo fuera de lo corriente, como en *Tristana*, sino por una confesión que me dejaría caer Durán López varios días después, y que más tarde iba a volver a confiarme en distintas oportunidades. Esa película del polaco Wajda alineaba entre las preferidas del coronel. Nunca supe a ciencia cierta por qué. No me lo explicó. Y si lo hizo, no lo recuerdo. Lo más simple sería ponerse a buscar afinidades entre mi tío y Maciek, el personaje principal. Pero no creo que la búsqueda me daría para mucho. Hay un importante líder comunista a quien Maciek debió asesinar, pero no pudo. Y hay una mujer de belleza perturbadora que se cruza en el camino del protagonista para poner a prueba sus ideales. Son detalles en los que mi tío el coronel pudo quizá verse reflejado, aunque tangencialmente. Por lo demás, hay una situación general de conflicto entre las convicciones políticas del mismo personaje y su mero instinto de conservación. Sin embargo, ahora que gracias a Dios ya él no puede enterarse de lo que pienso, doy por hecho que mi tío el coronel no debió haber tenido nunca auténticas convicciones políticas. Su naturaleza era eminentemente instintiva. Sin el menor conflicto para él. Instinto sobre dos piernas, desde las suelas hasta el pelo, un instinto anómalo y perverso. Pero el hecho es que aseguraba sentir debilidad muy personal por la película *Cenizas y diamantes*. La primera vez que me lo dijo fue varios días después de aquel reestreno en el cine La Rampa. Y justamente como derivación de esa confidencia, me reveló que la verdadera ocupación de Aurora, alias Tina, en La Habana, era un negocio enlazado con el procesamiento y contrabando de diamantes. Nada tendría que ver aquella revelación, por supuesto, con el esclarecimiento de por qué al coronel le gustaba la película de Wadja. Pero así son las socarronerías del azar. Al comentarme su preferencia por *Cenizas y diamantes* –y no descarto que también por haberlo hecho entre medio borracho y medio drogado-, pudo ocurrir que una simple asociación verbal lo llevara al otro asunto. Bien mirado, mediante el distanciamiento de los años, la verdad es que ni siquiera me parece que la casualidad haya sido tan casual. ¿O acaso él no tenía siempre a Tina en la punta de la lengua? Muy en especial cuando le daba por contarme anécdotas sobre su pasado. Probablemente fue así como aquel día los diamantes del filme lo remitieron a los diamantes de Tina, alias Aurora Barrios. Y ya sobre la brecha, le dio por extenderse en pormenores, una propensión que tampoco era inusual en mi tío el coronel. Entonces no solo me contó sobre los diamantes del filme y los de Tina, sino también sobre los suyos propios, o sea, aquellas piedras preciosas en cuya comercialización llegó a ser un experto al servicio de más de un traficante.

15

El tal Tro habría conocido a Tina, alias Aurora Barrios, en los finales de la década de los años 20, o a inicios de los 30, cuando los dos eran militantes comunistas. Y es muy posible, siempre según la versión de mi tío el coronel, que debido a la correspondencia de sus caracteres (ambos aventureros y sobre todo fanáticos de la acción), establecieran una suerte de camaradería que se mantuvo in crescendo con el transcurrir del tiempo. La personalidad de Tro encajaba como un guante en lo que al parecer –según el parecer de Durán López- era el modelo de hombre capaz de ganarse a Tina: temerario, impetuoso, desvergonzado, amante del peligro y de la subversión... Un talante que por lo demás debió ser idóneo caldo de cultivo para su acceso al ambiente gansteril de La Habana.

Que yo recuerde, el coronel Durán López nunca abundó en datos precisos sobre la conexión de Aurora, alias Tina, con aquel sujeto. Recuerdo, eso sí, haberle oído decir que en la década de los años 40, cuando ella arribó de incógnita a La Habana, fue por su conducto, bajo su protección y valiéndose de sus muy particulares influencias. Por entonces el tal Tro era Director de la Academia de la Policía, con grados de comandante. A su regreso del campo de batalla, en la Segunda Guerra Mundial, donde combatió entre las filas del ejército estadounidense, había fundado uno de aquellos grupos de acción violenta a los que era adicto. UIR creo que así le llamaban al grupo en cuestión. Supongo que no fuera un nombre propiamente sino las siglas de un nombre, muy elocuentes, por cierto, ya que si nos atenemos a los relatos de mi tío el coronel Durán López, huir o perecer en el intento eran las únicas alternativas que el tal Tro les concedía a los rivales.

En el momento en que lo asesinaron, estaba acusado de haber dado muerte, a su vez, a un alto jefe de la policía, a quien él y sus sicarios le dispararon 18 fogonazos nada menos que en plena vía pública de El Vedado. Lo que digo, Tro era un sujeto de armas tomar. Y naturalmente, campeaba por sus entrepiernas tanto entre el gansterismo de orilla como entre las instituciones armadas del gobierno, aún más gansteriles y peligrosas. Aunque por igual razón, a Tro no deben haberle faltado adversarios tan cogotudos y cruentos como él mismo, o más. De hecho, me contaba mi tío que el violento tiroteo en el que perdió la vida fue producto de una encerrona organizada precisamente por uno de aquellos adversarios, parece que el peor de todos, alguien de apellido Salabarría, que, según Durán López, era jefe del Servicio de Inteligencia de Actividades Enemigas en el gobierno. Y con nadie menos andaba Tro empeñado en una guerra de exterminio.

Bueno, pero ¿y de qué manera habría que insertar a la sensual y elegante Aurora Barrios en todo este zipizape de malhechores y gorilas uniformados tan revueltos como la argamasa y dados a ventilar sus asuntos a plomo limpio? Por paradójico que pueda parecer, no habría que exprimirse la mente buscando el modo de insertarla, puesto que Aurora, alias Tina, se insertó ella sola. Tan metida parece haber estado en el ajiaco que incluso le contó a mi tío el coronel que había asistido a una muy renombrada fiesta o reunión de grandes mafiosos que tuvo lugar en el Hotel Nacional, de La Habana, creo que en 1946. Grandes mafiosos digo, porque lo eran, del tipo Lucky Luciano o Lansky o Vito Genovese. Aurora, siempre según la versión de Durán López, fue invitada a aquella fiesta de los bombones por alguien que muy difícilmente fuera caramelo, uno al que nombraban Barletta o Battisti, no lo recuerdo con exactitud, sin dudas gran cogotudo tira tiros. De lo que no me he olvidado, sabe Dios por qué, es de algo que decía mi tío que le había comentado Aurora sobre el modo en que iban vestidos todos los personajes: con trajes oscuros, camisas de seda, corbatas de muy sobrios colores y con prendedores y gemelos de oro (vaya con esa manía que tienen los criminales de usar el oro como insignia). Aquella indumentaria era como un uniforme, que a Tina, alias Aurora, le pareció muy cómico, sabe Dios por qué. Lo que no solamente sabe Dios, ya que yo también lo sé, es la razón por la que tampoco he olvidado lo único que, según mi tío el coronel, le gustó a Tina, alias Aurora, en el bochinche mafioso del Hotel Nacional: la canción *Night and Day*, cantada en vivo y en directo por Frank Sinatra, y vuelta a cantar muchas veces, pues como los capos no se cansaban de escucharla, volvían a solicitarla, o más bien la exigían casi a punta de pistola, hasta que Frank Sinatra terminó perdiendo la voz.

16

Me parece que aún no había anotado aquí, quizá porque la simple mención del tema me pone la carne de gallina, que cuando hallaron muerta a mi madre, misteriosamente asesinada, a orillas del río Almendares, justo en el sitio en que cuarenta años antes habían encontrado a Aurora Barrios, ella, mi madre, iba vestida exactamente igual que como el coronel Durán López dijo haber visto por última vez a Tina, alias Aurora: falda negra, blusa blanca, zapatos negros de trabita con tacón bajo, y una chaqueta negra, más el moño en lo más alto de la cabeza, redondo y cubierto con una peineta roja. Probablemente esté de más añadir que al igual que Aurora, mi madre debió tener un gran hueco en la frente, provocado por una Parabellum P08 de 9 mm.

17

Aquella vez, la última, Aurora, alias Tina había ido de nuevo con mi tío al cine *América*, donde estaban exhibiendo una comedia de factura nacional, cuyo título, *Hitler soy yo*, parecía pintarse solo para la jodedera. Pero al coronel no le gustó. Tampoco él era de comedias sino de cine negro y de westerns y de dramas bélicos. Se quejaba de que entonces todas las comedias de factura nacional eran como una sola, la misma, a las que únicamente le cambiaban el título y algún nimio detalle de forma. Otro tanto podría afirmarse de las actuales, sobre las que, como agravante, pesa la pretensión de ser presentadas por sus realizadores (y hasta por los críticos) como algo más que comedias. Pero decía que la última vez que Tina fue al cine con el coronel resultó ser también la primera vez que mi tío iba a tener contacto con el gansterismo organizado de La Habana, un contacto que en cierto modo ya no interrumpiría nunca, hasta su muerte. Recordaba él –o es lo que solía decirme que recordaba- que en algún momento, a mitad de la película, sintió un objeto frío apretado contra su nuca. Supo enseguida que el objeto era el cañón de una pistola, ya que no gratuitamente había visto tantas escenas de gánster en el cine, eso me dijo. Y recordaba que al volverse vio a un hombre muy bien trajeado y con un gran bigote, el cual, contrario a la costumbre, mantenía el sombrero puesto dentro de la sala de proyecciones. En cualquier caso, temo que mi tío no tuviese tiempo de sugerirle que se descubriera, pues tan pronto volvió la cabeza, el hombre le ordenó, serena pero resolutoriamente que se fuera al baño y que permaneciera allí durante diez minutos, pues él debía conversar con la señora sobre ciertas cuestiones de carácter privado. Y he aquí que cuando mi tío regresó del baño, ni el hombre ni Aurora, alias Tina, estaban ya en el cine. Al hombre no volvería a verlo nunca. Y a ella iba a reencontrarla dentro de un ataúd.

Varios días más tarde, mi tío el coronel recibió la visita de otro hombre tan bien trajeado como el anterior, pero éste le dijo ser un investigador policial, interesado en conocer cuándo había visto a Aurora Barrios por última vez. Le preguntó además si aquella última vez había presenciado alguna ocurrencia extraña a su alrededor, o si había notado en Aurora señales de especial preocupación o nerviosismo. Mi tío estuvo moviendo la cabeza todo el rato, como un ventilador -así me dijo-, con una respuesta negativa para cada una de las preguntas que le formulaba el policía. Sin embargo, eso no le sirvió de mucha ayuda, como esperaba. Muy pronto recibiría una nueva visita. Esta vez de un hombre sin traje pero con un sombrero de paño oscuro encajado hasta las cejas, y del cual no se desprendió en ningún momento de la charla, pues parece –le pareció a mi tío- que lo utilizaba para ensombrecer su identidad. El hombre, que se presentó como emisario de un viejo conocido de Aurora Barrios, alias Tina, vino a indicarle sin preámbulos que no le convenía comentar lo ocurrido en el cine la última vez que la vio. Con nadie lo comentarás –le dijo, o más bien le ordenó-, ni media palabra, ni siquiera con la deplorable imagen que te devuelve el espejo cada mañana al afeitarte. Así me contaba mi tío el coronel que le habló aquel hombre desde la sombra de su sombrero. Y apenas acababa de marcharse, cuando un tercer hombre trajeado y ensombrerado le estaba tocando a la puerta. Pero éste no vino a preguntarle ni advertirle nada, sino a proponerle que aceptara un favor que se le extendía en nombre de su muy cara amiga Aurora Barrios, y por conducto de alguien que la había estimado mucho.

Fue así como mi tío el coronel Lorenzo Durán López entró en la mala vida. Digo, según desde el lado en que lo miremos. De hecho, no creo que a mi tío aquella vida le haya parecido mala. Qué va, en lo absoluto. Por lo menos no recuerdo haberlo oído hablar jamás con desagrado sobre la extensa etapa que se gastó vinculado al gansterismo habanero, a cuyas huestes le permitieron acceder como premio por no brindar pistas a la policía, ni a nadie, sobre el asesinato de Aurora Barrios, alias Tina Modotti, propiciando así que fueran los propios amigos de ésta, o sus cofrades, o sus colegas, o sus compinches quienes le pasaran factura al criminal.

No sin chirriantes asomos de vanidad, solía hablarme el coronel sobre sus aventuras de los años "locos y duros" que siguieron a esa fecha. Fue una época en la que –según contaba- pudo llegar a ser un hombre muy rico. Pero lamentablemente se le ocurrió bailar en la casa del trompo, trampeando a los tramposos. Así que terminó sentenciado por un escuadrón de gánsteres vengadores, además de abandonado por sus amigotes y asediado por la ley. Hasta un punto tal que se la juraron a la vez policías y hampones, y de un modo en que solo hallaría salvación internándose en la Sierra Maestra, convertido en uno de los guerrilleros de Fidel Castro.

18

Muchos años después, frente al pelotón de fusilamiento... No, esto es una broma, en modo alguno podría escribir cosas tales sobre el coronel Lorenzo Durán López, quien parece haber practicado la rufianería, el arribismo y la traición como normas a lo largo de toda su existencia, pero siempre supo ahuecar el ala en el debido momento. Lo que yo iba a contar es que muchos años después, siendo ya coronel del Ministerio del Interior, durante el régimen de Fidel Castro, Durán López dispondría de una nueva oportunidad para poner en acción lo aprendido en sus duros ratos gansteriles sobre el procesamiento y contrabando de diamantes. Por entonces era plantilla en una empresa de las llamadas estratégicas, que, según cuenta la fábula, habían sido creadas en La Habana para burlar el embargo económico de Estados Unidos contra la revolución fidelista. El caso es que, entre col y col, aquella empresa servía como embozo para el trasiego internacional de mercancía altamente inflamable y, por lo mismo, muy especialmente rentable, alineada dentro de un perfil de amplio espectro: desde la intermediación en el trasiego de droga colombiana, hasta el suministro de misiles soviéticos; desde el lavado de dinero, hasta el contrabando con obras de arte, pasando, desde luego, por el tráfico de marfil y de piedras preciosas de origen africano... Y es este el punto en que mi tío el coronel debe haberles sido de sumo beneficio, teniendo en cuenta su currículum vítae. Por cierto, precisamente en esa época en la que él volvía sobre las andadas como experto traficante, esta vez al servicio del nuevo gansterismo habanero, fue cuando murió mi madre, entre la noche del 5 de enero y la madrugada del 6, en el año 1987. La hora, el día y el mes coincidían en rigor con la fecha oficial del fallecimiento de Tina Modotti, en México. Sin embargo, el lugar y todas las demás circunstancias que rodearon su muerte parecían copias al carbón de las del crimen de Aurora Barrios. No era menester ser un genio de la investigación policial para cazar al vuelo los rastros que incriminaban al coronel Durán López, incluido, por supuesto, el plomo de pistola Luger Parabellum P08, de 9 mm, que tal vez conservaba en su interior el cadáver de mi madre, por lo que hubiera sido fácil comprobar que salió de un cargador de tambor con capacidad para 32 disparos, habilitados para hacer blanco con plena efectividad a la distancia de 900 metros, precisiones que, tal y como no se cansaba de alardear mi tío, eran solo propias de *La Rubia*. Pero la verdad es que el asesinato de mi madre quedó impune. Yo era demasiado joven, y conocía demasiado poco sobre demasiadas cosas, creo que aún menos que hoy, pero hasta donde pude enterarme, ni siquiera fue seguido un proceso oficial de investigaciones con todas las de la ley. Tampoco hacía falta. Hubiese representado una inútil pérdida de tiempo.

19

La Rubia es ahora mía. La heredé de mi tío el coronel. Y por más retorcido que parezca, nunca he querido desprenderme de ella, no obstante saber (o precisamente por saber) que quizá sea el arma que segó la vida de mi madre. El coronel Durán López solía jactarse de su alto precio en metálico. En su época, me aseguraba, cualquier rico coleccionista le hubiera dado más de veinte mil dólares por esa Luger. Pero él la atesoraba como a la más excelsa de las joyas, dentro de un cofre de terciopelo que ocupó siempre un lugar de muy extravagante simbolismo dentro de su habitación. Era como un altar, un armario con aire de ara demoníaca, en el que yacían todas sus medallas y trofeos, presididos, naturalmente, por las pistolas Luger, trece en total, contando una con cachas de marfil y con una diminuta bandera cubana incrustada en la recámara, que, según mi tío, había sido fabricada en la Alemania comunista, y que llegó a su propiedad mediante un regalo personal de Fidel Castro. Con todo, su gran preferida, su tótem, fue siempre *La Rubia*. A lo largo de los años que viví bajo el mismo techo que el coronel (todos los de mi infancia y la mayor parte de mi juventud), me acostumbré a presenciar entre sus prácticas cotidianas una especie de ritual mediante el que mi tío permanecía largos ratos manoseando a *La Rubia*, desarmándola y armándola, engrasándola, sacándole brillo, paseándose por la casa con ella en el puño, y haciendo breves paradas en las que parecía extasiarse mientras apuntaba hacia cualquier sitio, a un florero, un mueble, un objeto cualquiera -muy en especial hacia los cuadros con fotos-, como para afinar la puntería. No podría precisar la cantidad de veces que, siendo yo un pequeñín, me obligó a tomar a *La Rubia* entre mis manos para que apretase el gatillo, inútilmente, ya que no me alcanzaban las fuerzas, en tanto él reía a mandíbula batiente, y mi madre le lanzaba un ensarte de improperios, con los ojos desencajados y con las greñas como erizos. De todas aquellas armas, solo conservo a *La Rubia.* Nunca supe qué hizo mi tío con el resto. Tal vez las vendió antes de morir, supongo que en una miríada, aunque tampoco llegué a descubrir el menor indicio de que tuviera dinero guardado, en la casa por lo menos. Según él mismo me contaba, las pistolas Luger hicieron furor entre los coleccionistas en los años posteriores a la Segunda Guerra Mundial. Muchos soldados estadounidenses que participaron en la contienda se dedicaron a su acopio en el campo de batalla para después venderlas a precios de oro. Las Luger fueron entonces especialmente demandadas en casi todo el planeta, no solo por, digamos, su elegancia, y por su eficacia técnica. También por su doble conexión simbólica con la Alemania imperial y con la nazi. Por tales razones, aunque hoy cueste creerlo, sus precios se elevaron hasta la desmesura. Incluso, me contaba mi tío el coronel Durán López que cuando, aún en medio de la guerra, los alemanes se percataron del interés mercantil que los soldados estadounidenses mostraban por esas pistolas, decidieron utilizarlas como minas. Decía él que después del desembarco de Normandía, solían dejar, supuestamente abandonadas, pistolas Luger donde habían acampado fuerzas nazis. Pero esas pistolas estaban trucadas con cargas de explosivos que, al menor contacto con sus mecanismos, hacían volar por los aires a quienes las empuñaran.

A mí *La Rubia* también me ha hecho volar por los aires en más de una ocasión, aunque de otras maneras, no mucho menos dolorosas quizá, pero creo que siempre preferibles a las tontas inmolaciones de aquellos soldados estadounidenses. E igualmente a diferencia de ellos, nunca he conseguido dejarme ganar por la tentación de vender mi Luger. De cierta manera, le dispenso el mismo trato que muchos de los ancianos comandantes de la revolución fidelista dispensan por estos días a sus jóvenes y esplendorosas amantes: no la uso, ni la atiendo todo lo esmeradamente que podría, pero tampoco la cedo, ni la presto, ni la vendo. Sé que llegará el día en que sus aún impresionantes virtudes tecnológicas (cargador "de sartén" y culata removible que, en apenas segundos, permite convertirla en ametralladora de tiro automático) no van a ser sino obsolescencias, chatarra vencida por el desuso, el óxido y la pudrición, pero es un riesgo que asumo aquiescente, sin duda porque para mí *La Rubia* no guarda el mismo significado que guardaba para el coronel Durán López. Aunque, en realidad, si ahora mismo me preguntan, no podría explicar qué significado le concedo.

En tiempos atrás, no fueron pocas las veces que tuve ganas de deshacerme de ella. Sobre todo al principio, antes de que me acostumbrase a su cercanía, digámoslo así. Sentí con frecuencia el impulso de botarla, tirándola al fondo del río Almendares, aunque nunca pensé en venderla. Creo que me lo hubiese impedido algún remoto pudor. Recuerdo muy particularmente una noche en que la saqué de su cofre y salí con ella a la calle, dispuesto a tirarla en el primer matorral que encontrase en mi camino. Esa noche había estado curioseando entre la vieja papelería del coronel, y me chocó sobremanera descubrir varias fotos de personajes de esos que hoy suelen ser calificados como tristemente célebres, todos con Luger a la cintura o, en general, dueños de este tipo de pistolas, cuya fama creció también por pertenecerles. Era un catálogo macabro, que no solo contenía fotografías de pistolas Luger, sino también de otras armas, pero siempre con preponderancia de las preferidas por mi tío. Allí estaban la Luger damasquinada en oro de Herman Göring, fundador de las SS y tenebroso lugarteniente de Hitler, y la de Goebbels, su ministro de propaganda e información, una de las principales mentes negras del holocausto judío. Incluso, estaba la última pistola que usó el Führer (con la que supuestamente remató su faena suicida, luego de tomarse una cápsula de cianuro de potasio), aunque ésta no era Luger, sino una Walter modelo PPK, cubierta en oro. Entre otras muchas antiguallas infernales, recuerdo haber visto también en aquel álbum el fusil Mannlicher-Carcano, con el que se presume que Lee Harvey Oswald asesinó al presidente Kennedy; o la pistola del genocida Sadam Hussein, una "Glock Mod 18 C", Parabellum de 9 mm; o el fusil AKM ruso, calibre 5,56, de oro completo, que fue propiedad del afamado narcotraficante Pablo Escobar. Vaya manía la de esas bestias empeñadas en adornar sus crímenes con el brillo aurífero. Aunque claro que no todas las armas del catálogo eran de oro. Tampoco todos sus dueños habían sido asesinos. Pero no sé por qué fueron las de oro las que más me chocaron. Aun en el caso en que los dueños no hubieran sido asesinos. Por ejemplo, no olvido la mala impresión que me causó una Walther PPK de oro, que perteneciera a Elvis Presley. Fue muy decepcionante para mí enterarme de que el Rey del Rock and Roll perteneció al clan de los energúmenos coleccionistas de armas y que, aún más, asumía el rol con verdadero fanatismo, tal como lo demuestra el arsenal que todavía se conserva en su casa museo, el cual pude ver gracias a aquel álbum de mi tío. Mucho más me asustó cualquiera de los revólveres, pistolas, fusiles, ametralladoras de Elvis Presley, todos valorados en precios astronómicos, que, digamos, el Colt Detective Special 38 y la pistola Government 1911 semiautomática, que los famosos bandoleros Bonnie Parker y Clyde Barrow habían usado en sus tan cinematográficos asaltos; o incluso más que el escalofriante Chárter Arms calibre 38 Special, con que Mark David Chapman mató a John Lennon.

En suma, el pavor y la repugnancia que experimenté mirando tantas fotos de armas famosas y de famosos con armas, impulsó mi decisión de desprenderme de *La Rubia*. Pero también aquella noche terminaría desechando la idea para siempre. Recorrí toda la calle Ayestarán en busca de un matorral o de un basurero adecuado para tirarla, y ante cada uno de estos sitios, hallaba siempre una inconveniencia, es decir un pretexto. Luego, enrumbé hacia Puentes Grandes con el propósito de lanzarla a la corriente del río. Sin embargo, una vez allí, el ánimo me alcanzó apenas para tirar el catálogo de armas famosas. Tarde ya en la noche, regresé a casa con *La Rubia* encajada en la ingle, arañándome y abrasándome el pellejo por debajo de la camisa. Esa misma noche, mientras me revolcaba en la cama sin poder conciliar el sueño, traté de consolarme con la idea de que aun cuando su posesión me reportase un permanente desasosiego, jamás me atrevería a desprenderme radicalmente de *La Rubia*. Porque era, es, el vínculo más íntimo entre mi madre y yo, el único que (solo el diablo sabe con qué macabro fin) accedió a dejarme como herencia mi tío el coronel.

20

Pocas semanas después de la muerte de mi madre fue cuando tuvo lugar la aparición de María. Y al escribir "aparición", asumo esta palabra desde su efecto turbador: visión de un ser sobrenatural o fantástico. Es lo que experimenté al ver a María en nuestra casa. O quizá no exactamente en el mismo minuto en que la vi sino algo más tarde, cuando pude concienciar la visión. Cierta noche estaba en mi cuarto, escuchando unas grabaciones de The Byrds que recién había conseguido con amigos del barrio. Era un regalo del cielo en aquellas circunstancias de particular depresión para mí. Muy especialmente la pieza "Mr. Tambourine Man", que justo esa noche escuché por vez primera, sin saber todavía que era de Bob Dylan, y sin sospechar que llegaría a convertirse en una de mis canciones favoritas para toda la vida. *Eh, señor tamborilero, toca una canción para mí, no tengo sueño y no hay a donde pueda ir...* Estaba embobecido escuchando esta pieza como por décima vez de manera continua, cuando, de repente, sobre la plácida armonía vocal de Clark, McGuinn y Crosby, vino a imponerse el vozarrón de mi tío el coronel. Me sobresaltaron su tono efervescente y su pronunciación atropellada, propios de aquellos trances que eran comunes cuando mi madre vivía. De modo que llevado por un oscuro presentimiento, pegué el ojo al hueco de la pared. Y entonces vi a María.

Me atolondré al verla. Fue un impacto algo alucinador, diría hoy que enajenante. A pesar de que ni siquiera le vi la cara, pues estaba acostada bocabajo (desnuda y con una rosa roja encajada entre sus dos nalgas), mientras mi tío, vistiendo aún la chaqueta con los grados de coronel, aunque sin pantalones, daba lerdos paseítos alrededor de la cama, sobándose frenéticamente el miembro viril, pero sin lograr la erección. En algún momento dejó de toquetearse y de vociferar insultos. Se lanzó al suelo y recorrió la habitación en cuatro patas, hasta encontrar su pantalón tirado en una esquina. Extrajo la gruesa correa elástica que le servía de cinturón. Y supe que iba a utilizarla como látigo para castigar a María. Aparté el ojo del agujero. Más que un impulso, fue una rara pulsión, algún resorte defensivo de mi conciencia. El hecho es que me resistí a presenciar aquella marranada. Pero no bastó. Tuve que abandonar el cuarto y la casa, echando chispas, como una centella.

A la mañana siguiente desperté en el banco de un parque de la calle Ayestarán, no lejos de donde vivía. Conservaba una muy vaga noción de mis andanzas en la pasada noche, entre otras razones porque seguramente no hice mucho más que dormir. Sé que al principio estuve caminando por callejuelas lóbregas sin una dirección fija, y que debo haber bebido unos cuantos tragos, haciendo parada quizá en alguna de las pipas roneras que frecuentaban la zona. Recuerdo mejor que entré a un cine. Bueno, más bien lo que recuerdo es que en cierto instante volví en mí y estaba sentado entre la calurosa y desértica penumbra de una sala de proyecciones (luego no me resultaría difícil deducir que era en la del City Hall, el cine de mi barrio). En la pantalla, un sujeto que se me pareció a Billy El Niño farfullaba algo más o menos así: "Los tiempos cambian pero yo no". No he conseguido entender por qué, pero aquel trozo de escena de una ya vieja y conocida película, o aquel trozo de diálogo, es el único recuerdo inteligible que al final iba a quedarme de la jornada.

Una vez despierto y relativamente sobrio, hasta donde la resaca me lo permitía, concluí que no deseaba regresar a mi casa, o sea, a la casa de mi tío el coronel Durán López. Así que me levanté del banco para tomar la primera decisión seria y digamos responsable de mi vida. Por más que entonces no era nada serio (y creo que hoy tampoco lo soy) a la hora de tomar decisiones. Seguramente se debe a que nunca me enseñaron a serlo.

21

Pat Garret y Billy The Kid, tiene que haber sido esta la película ante la cual me desperté en el cine City Hall la noche en que había huido de mi casa, o de la casa de mi tío el coronel Durán López. De modo que por un azar digamos caprichoso, aquella noche escuché por vez primera mi canción favorita entre las de Bob Dylan, y también es probable que haya visto a Dylan, aunque sin saber que lo veía, puesto que él aparece en *Pat Garret y Billy The Kid*, actuando en un papel insignificante, el de una especie de lanzador de cuchillos al que llaman Alias, cuyo desenvolvimiento en la película consiste apenas en ser testigo de las acciones de Billy. Algún tiempo después sabría que ese papel representó también el primer acercamiento de Dylan al cine, y que lo hizo precisamente a instancias de Billy The Kid, es decir, de su amigo el actor Kris Kristofferson, quien se lo presentó al director del filme como posible autor de la banda sonora y no para que lanzara cuchillos.

En fin, a lo que iba, no sé qué significado oculto pueda contener, si es que contiene alguno, el hecho de que la única vivencia que no se me fue por el hueco de la desmemoria esa noche, la de mi primera huida de casa, haya sido justamente aquel efímero reencuentro con el intrépido y desarraigado Billy El Niño, cuyo carácter tan poco o nada tiene que ver conmigo. Es que ni siquiera en el personaje de Dylan identifico el menor paralelismo, ya que nunca he sabido lanzar más que miradas, y ni siquiera en eso soy experto. De cualquier forma, no dudo que me identificaría mucho más fácilmente con Alias que con Billy. Si no en lo que respecta a lanzar cuchillos, sí en la función de servir como testigo de las bravatas y tropelías del protagonista de la trama, que para mi caso era el coronel Durán López. Lo malo es que yo, a diferencia de Alias, había sido desde el principio un testigo implicado en los hechos que observaba. Todavía peor, mi implicación rozó con frecuencia la complicidad. Y para ser franco, no podría asegurar que me disgustaba. Por ser precisamente un subproducto perruno de la sombra de Durán López, fue por lo que aquella vez terminé dejándome llevar de regreso a su casa. No es que el mero hecho de que no volviese a verlo, o que no volviera a convivir con él, me habría conducido a romper para siempre con toda esta historia. Pero cuando menos pudo haberme ahorrado algunos malos ratos. No volví el mismo día en que tomé la decisión de no volver (tampoco soy tan poco serio), sino casi un mes más tarde, apenas mi tío averiguó que yo estaba viviendo en casa de la familia de un amigo, o más bien un compañero de aula en las clases para proyeccionista cinematográfico que entonces cursaba. Tan pronto obtuvo las coordenadas de mi escondite, Durán López se presentó allí con su intimidante uniforme de coronel del Ministerio del Interior y con su pose paternal. De cualquier manera la familia de mi amigo me hubiese entregado, pero yo no les di tiempo de pensarlo. Ver a mi tío parado ante la puerta e ir en busca de mi mochila para acompañarlo fue una misma cosa. Y para no andar con subterfugios, si bien no me atrevo a declarar que me alegró por completo volver a verlo, tampoco juraría que me molestó completamente. Conste que no era solo por saber que en su casa iba a estar mucho más cómodo que en la de aquella buena familia. Era por algo más. Aunque no me considero suficientemente capacitado para explicarlo. A veces uno necesita saber que existe. Y esa es una certeza que nunca pude dispensarme yo mismo. Debía dármela mi madre, quien lograba hacerlo en ocasiones hasta con una leve sonrisa. Después que ella murió, intenté sin éxito adaptarme a la idea de que nunca más obtendría esa certeza. No confiaba en conseguirla por mi propia cuenta. Pero tampoco había renunciado a intentarlo, lo cual era un paso de avance. Sin embargo, no iban a sobrarme las oportunidades. Durán López me lo impidió. Y es justamente lo que tal vez yo pude presentir aquel día, cuando vino a buscarme a la casa de mi amigo. Bastó que lo viera, y que él me viera a mí, para que algo muy ambiguo ocurriese en mi interior. Fue como un remedio para la sensación de inexistencia que estaba padeciendo desde que murió mi madre. Apenas mis ojos chocaron con los de mi tío el coronel, volví a sentirme percibido, lo cual me ha resultado siempre indispensable para saber que existo.

22

Cuando regresé a la casa de mi tío, todo conservaba su orden en la habitación que había ocupado desde la niñez, incluido el hueco en la pared, el cual se mantenía intacto bajo la foto del Che Guevara que siempre usé para camuflarlo. Alguna vez, no mucho tiempo más tarde, habría de enterarme de que en realidad nunca fue necesario el camuflaje, pues el coronel Durán López y, según él, también mi madre, tenían pleno conocimiento de la existencia del hueco en la pared, desde el primer día en que lo abrí. En lo que respecta a mi madre, no he llegado a creerlo del todo, tal vez porque nunca me lo he permitido a mí mismo. Pero teniendo en cuenta el malsano dominio que sobre ella ejercía el coronel, la verdad es que no dispongo de argumentos para dudarlo. Tampoco los tuve para dudar de la sucia sinceridad de mi tío el coronel cuando, en la misma ocasión, me reveló que ambos conocían desde el principio que yo iba detrás de ellos al cine, a fisgonear sus obscenos trances entre penumbras. Todavía más, llegó a decirme que ambos sabían que me masturbaba mirándolos, y que ello satisfizo siempre a mi madre, hasta el punto de provocarle una particular excitación.

En fin, retomando el tema de mi vuelta a casa, o a la casa de mi tío el coronel, fue entonces cuando tuve ocasión de conocer a María digamos de cerca, por lo cual debe entenderse que pude sostener con ella cinco o seis breves diálogos, siempre a primeras horas de la mañana, que es cuando único salía del cuarto de mi tío para ir a la cocina a prepararle el desayuno mientras él se quedaba remoloneando en la cama. La primera vez coincidimos por casualidad en la cocina, pero las veces restantes yo propicié el encuentro. A pesar de su muy perturbador parecido físico con Tina, alias Aurora -y por extensión con mi madre-, María no era propiamente una mujer sino un hombre, o más bien un varón que no debía sobrepasar la edad de 18 años, aunque representaba ser menor, algo que me pareció improbable, por la lógica de los acontecimientos que lo trajeron a mi casa. En rigor, creo que de no haber podido espiar las intimidades de mi tío mediante aquel hueco en la pared, quizá no me hubiese enterado nunca de que era varón. De la puerta del cuarto del coronel hacia afuera, María anduvo siempre en nuestra casa vestido de mujer, llevando una peluca negra que imitaba con meticulosa exquisitez la cabellera de Aurora, alias Tina y la de mi madre. Tampoco supe, antes de que pasara algún tiempo, que su nombre de mujer era otra secuela de la enfermiza obsesión de mi tío por Tina Modotti, quien se hizo llamar María cuando era combatiente del Quinto Regimiento de las brigadas internacionales que participaron en la guerra republicana española. En realidad, el nombre de varón de María (la falsa María de mi tío) era Víctor, o al menos eso fue lo que me dijo un día en el que al fin logré obtener algunas revelaciones sobre su vida. En aquel momento se encontraba preso, cumpliendo una condena de seis años, por haber desertado del servicio militar obligatorio. Para su calamidad, el reclusorio donde fue a parar estaba bajo el mando de otro corrupto coronel, precisamente amigo y viejo compinche de mi tío, razón por la que éste realizaba periódicas visitas al lugar, sobre todo en busca de algún que otro preso, de los más tranquilos, para que les sirvieran de criados domésticos o de peones cada vez que necesitaba ejecutar trabajos rústicos en la casa. Esta práctica ciertamente no me era ajena, pues casi desde que tuve uso de razón vi a jovencitos efectuando trabajos gratuitos para mi tío, incluso a veces venían vestidos con el uniforme verde olivo que los identificaba como reclutas. Conocía, además, a otros amigotes suyos, también altos oficiales, que hacían lo mismo. Lo que no me pasó por la mente antes de aquella conversación con María es que también el reclusorio estuviera siendo utilizado (al menos por mi tío) como proveedor de esclavos sexuales.

Porque nada menos que un esclavo era aquel infortunado muchacho, que, de acuerdo con lo que me contó, había vivido su niñez y primera adolescencia de forma más o menos normal, en algún pueblucho de provincias, hasta que un día, de golpe y porrazo, se vio reducido a un simple número dentro de una alineación de números, en principio, como alistado en el servicio militar obligatorio, y seguidamente como preso.

Mi tío el coronel le había prometido, es decir le había hecho creer a María que si se portaba bien, satisfaciendo sin reparos todos sus requerimientos, iba a conseguir que le anularan la condena, y luego lo dejaría marchar de regreso al terruño, donde quizá hasta le gestionase un buen empleo para que reconstruyera su vida. Sin demasiado entusiasmo, pero sin reticencia, María me dijo que confiaba en el cumplimiento de la promesa -tampoco le quedaba otra opción-, y era el motivo por el que parecía ejercer a gusto su rol de esclava. La verdad es que yo no tuve la urbanidad de intentar disiparle aquella pálida quimera, haciéndole ver que su única disyuntiva de salvación estaba en escapar a tiempo de nuestra casa y de La Habana, lo más lejos posible, mientras más lejos mejor, a cualquier oscuro rincón del interior de la Isla, o a Miami, tal como oportunamente había hecho mi hermana Ángela, o por lo menos así lo creía yo en aquella época. Supongo que no alerté a María por temor a Durán López, o porque en el fondo guardaba alguna roñosa reserva contra ella, ya que me era imposible no vincular su irrupción en casa con la desaparición de mi madre. Sin embargo, tampoco podía sustraerme a su influjo aturdidor. Si no como mero ideal erótico (aunque no estoy seguro), al menos sí como misterio, como propulsión para la continuidad de una historia que me aterraba al mismo tiempo que me imponía una insana dependencia, María me sedujo desde el primer vistazo. Ahora pienso, como añadido, que fue porque nunca antes yo había disfrutado de una oportunidad para contemplar desde tan cerca la belleza femenina tan inocente y auténticamente representada por un varón.

Por más que se asemejara a mi madre y a Tina, alias Aurora, María me pareció mucho más deslumbrante que estas otras. Pudo haber sido porque a Tina, alias Aurora nunca llegué a verla sino a través de viejas fotografías, y en el caso de mi madre, es posible que nunca la haya mirado desde la misma perspectiva que miré a María. Pero la verdad es que el hechizo que me ocasionó su belleza, lo que experimenté ante la cristalina serenidad de su rostro (al cual, por cierto, jamás afloraba el menor asomo de sufrimiento o aun de tristeza), sembró en mí el germen de sensaciones completamente ignoradas e insospechadas hasta entonces. Quizá no exagere si afirmo que durante el tiempo que convivimos bajo el mismo techo (pudo haber sido un año, o algo más o algo menos), me acosté cada noche con la expectativa, por no decir con la ilusión de levantarme bien temprano para vigilar el momento en que salía de su cuarto rumbo a la cocina. Y creo haber experimentado una suerte de extraño regocijo cada vez que conseguí convencerla para que superase su miedo al coronel y se dispusiera a dedicarme unos pocos minutos de conversación. Estoy seguro, por demás, de que la atracción era recíproca, aunque sus motivaciones y las mías pudieron ser más bien dispares. Una mañana el coronel nos sorprendió charlando animadamente y, luego de ordenarle a María que volviese a su cuarto, me preguntó sin rodeos si estaba interesado en acostarme con ella. Como yo no respondía, a pesar de que repitió varias veces la pregunta, se lanzó a decirme que si lo deseaba, podía acostarme con María en aquel mismo instante. Su única condición era que lo dejara rascabucharnos mediante el hueco por el que yo mismo lo observaba a él sin que nunca le hubiera pedido permiso. Fue así como me hizo saber que conocía la existencia del hueco (postergando la recreación de los detalles para otra oportunidad), con el astuto propósito de frenar a priori una posible negativa de mi parte. Lo curioso -de alguna manera debo calificarlo- es que, aunque rechacé su propuesta, retirándome rápida y silenciosamente de la casa, y aunque nunca más volvería a conversar con María, no dejé de fisgonear las intimidades de ellos dos, puntualmente, en los meses que siguieron. Para mi desgracia, porque eso me permitió ser la última persona –exceptuando al coronel Durán López- que vio vivo a Víctor, alias María, alias Aurora, alias Tina, alias mi madre, cuyo cadáver aparecería a orillas del río Almendares, el 6 de enero de 1989. La noche anterior, entre la fruición y el horror, yo había presenciado cómo mi tío el coronel la vestía con falda negra, blusa blanca, zapatos negros de trabita con tacón bajo, y una chaqueta negra; y también vi cómo peinaba delicadamente su peluca negra, haciéndole un moño redondo, cubierto con una peineta roja, en lo más alto de la cabeza. No presencié, supongo que porque no tuve valor para esperarlo, el momento en que mi tío extraía a *La Rubia* de su estuche de terciopelo y apuntaba despaciosa y deleitosamente a la cabeza de María, que ya dormiría, borracha y drogada.

Todavía hoy, al atisbar aquella escena previa al asesinato de María, mediante el túrbido hueco de mis rememoraciones, me vuelve a temblar todo por dentro, desde los cordales hasta el cálculo de la vesícula, pero no por la escena misma, o no únicamente, sino, sobre todo, por una certidumbre que tuve entonces, y que he podido reafirmar con el paso del tiempo, particularmente gracias a las charlas que sostuve con mi tío el coronel a lo largo de sus últimos meses de vida. Es la seguridad de que mientras yo observaba aquella fatídica escena entre el coronel Durán López y María, alias Tina, alias Aurora, alias mi madre, no solo estaba consciente de lo que iba a pasar. También sabía que mi tío, por su lado, tenía la seguridad de que yo los observaba.

23

Una de dos, tenía que matar a Durán López o en el mejor de los casos desaparecer para siempre de su entorno. La primera de las variantes iba a obligarme casi automáticamente a la aplicación de las dos. En cambio, con la segunda tal vez podría ahorrarme la primera, con todo y sus severas consecuencias, que en buena ley equivaldrían a un suicidio. Lo peor es que me sabía escaso de coraje para aplicar cualquiera de las dos variantes. Pero, al mismo tiempo, también estaba convencido de que algo debía hacer, pues sencillamente mi tío el coronel Durán López me arrastraba sin remedio hacia eso que llaman el punto de no retorno.

Me había enterado por casualidad del repugnante asesinato de María, doblemente odioso por su índole gratuita, por carecer de otra justificación que no fuera el arrebato psicopático más pedestre. Un par de días después de aquella noche en que la vi disfrazada de Tina, escuché en el barrio el comentario sobre el hallazgo de un cadáver a orillas del río. Por su descripción, me resultó fácil confirmar de inmediato lo que ya era más que un presentimiento para mí. Fue entonces cuando, en un arranque de temeridad –insólita, ante todo para mí mismo-, intenté emplazar al coronel para que me confesara abiertamente su culpa. No lo hizo, desde luego, y de nada me hubiese servido que lo hiciera, dados el miedo y la impotencia que me inmovilizaban totalmente frente a él. Sin embargo, lo que hizo, o más bien lo que dijo provocó una suerte de irreparable torcedura en mi interior, un avasallamiento de mis escrúpulos que amenazaba con aniquilar lo poco de ingenuidad y de nobleza que había conseguido preservar hasta esa fecha. Al comentarle, con acento acusador, las condiciones en las que habían encontrado el cadáver de María junto al Almendares, la primera reacción de mi tío el coronel fue quedar como de mármol. Doy fe de que nunca había visto ni he vuelto a ver un rostro con semblante tan duro, inexpresivo, impenetrable. Pero fue solo durante unos breves minutos. Enseguida, muy calmado, sin que se le contrajera una sola arruga del rostro y sin que le temblaran los dedos de las manos, encendió un cigarrillo, absorbió la primera cachada, y luego, mientras soltaba el humo, sin mirarme, con la vista fija en la distancia, como si hablase solo para sus propias honduras, dijo algo así como que el mal es también una necesidad de los seres humanos. Y después de otra tenue pausa, añadió que hay momentos en la vida en los que nuestro cuerpo no puede someter al espíritu, entonces no le queda sino servirlo.

Por la noche, ya un tanto más tranquilo, aunque insomne y sin disposición para combatir el insomnio, reparé en que mi tío debió haber visto, como yo, la película *Muerte en Venecia*. No podía ser casualidad el esencial parecido de sus afirmaciones con las de un personaje de ese filme. Aunque, bien mirado, no era la única semejanza entre lo que nos estaba ocurriendo y varias de las situaciones que se representan en la película de Visconti. De hecho, mi propio arribo al punto de no retorno era coincidente con el desenlace de *Muerte en Venecia*, aunque, por supuesto, las concurrencias, absolutamente casuales, se identificaban a través de sucesos muy distintos. El protagonista de la película sabe que la muerte lo acecha en Venecia, y aún así decide no marcharse. La fascinación que lo mantiene sujeto a esa ciudad (bajo el asedio de una epidemia mortal), se impone a su deseo de conservar la vida. Y es de tal modo como se abalanza hacia el punto de no retorno, en circunstancias diferentes a las mías. Además, yo no era un viejo verde y repulsivo como el protagonista de esa película, ni creo que estuviese dominado por un hechizo con rostro y con nombre propios. En todo caso, debí estar dominado por mis naturales poquedades y por el caos que invadía mis entrañas.

El viejo verde y repulsivo era mi tío el coronel, quien, siendo aún más viejo y mucho más repulsivo que aquel protagonista de *Muerte en Venecia*, estaba, como él, hechizado por la belleza de un rostro con nombre propio. Solo que a diferencia del protagonista de la película, en el coronel Durán López el hechizo actuaba no exclusivamente como desequilibrio y, digamos, degradación moral, sino también como surtidor de una siniestra y despiadada y muy fría criminalidad. Por eso mismo, o también por eso, aquella noche tuve que decidir matarlo. Muerto el perro se acabó la rabia, me repetía, animado quizá por mis elucubraciones peliculeras.

24

El error fue concederle un adelanto, sabiendo que mi tío era una sabandija que a lo largo de toda su vida supo ingeniárselas para salir indemne tanto en las maduras como en las podridas. No sé cómo se me ocurrió proceder tan ingenuamente. O lo sé, y hasta quizá lo sabía en aquel momento, por lo que mi actuación pudo no haber tenido ni pizca de inocencia. El caso es que a la mañana siguiente de haber resuelto matar al coronel, me lo encontré en el comedor, bebiendo el primer café, y le dije que si yo lograba confirmar quién era el asesino de María, no me iba a quedar otro remedio que vengar su muerte. La verdad es que había planeado ya los detalles para ese mismo día y creía estar preparado para ejecutarlo tan pronto él regresara del trabajo.

No salí de casa en todo el día. Estaba hecho un manojo de nervios. Tanto como la idea misma de privar de la vida a un ser humano (acción aborrecible y, aún más, inconcebible para mí hasta muy pocas horas antes), me preocupaba que llegada la ocasión no fuese capaz, no pudiese disponer del coraje o de la fuerza física o de la pericia suficientes para hacerlo, lo cual seguramente pagaría con mi propia vida. ¿Cómo, de qué manera, con la ayuda de qué tipo de arma llevaría a cabo la ejecución? Pensé utilizar a *La Rubia*, era el medio ideal, no solo por la gran descarga de conciencia que aportaría al ajusticiamiento, sino también porque en cierto modo podría ser el instrumento más viable, el más seguro e incluso el menos riesgoso para mí. Pero es que nunca antes en mi vida había disparado con una pistola, y si bien poseía nociones de cómo hacerlo, por haber visto tantas veces cómo lo hacía mi tío, temía que en el momento de la verdad, aun cuando lograse disparar, no lo hiciera con la precisión adecuada, lo cual podría traerme fatales consecuencias, porque mi objetivo no sería una de esas gallinitas de metal que ponen en los tiros al blanco, sino un hombre familiarizado con el manejo de las armas de fuegos y acostumbrado a lidiar con toda clase de peligro, eso sin contar que era un criminal desalmado y muy diestro. Por otra parte, no solo se trataba de matar al coronel. También tendría que borrar después las huellas de la ejecución, ya que no valía la pena ir a la cárcel por librar al mundo de semejante alimaña.

En resumidas cuentas, tuve que desechar el uso de *La Rubia*, no porque quisiera, sino porque al ir a buscarla, descubrí que mi tío se la había llevado consigo, algo que no acostumbraba a hacer y que sin duda hizo por tomar precauciones ante mi amenaza. Entonces me pasé muchas horas en busca de otra forma de ejecución con las mínimas seguridades para el éxito. Debo haber descartado el proyecto y vuelto a retomarlo unas diez o doce o veinte veces. En suma, transcurrió más de la primera mitad del día sin que lograse decidirme por una variante o por la otra. Y finalmente la resolución estaría destinada a depender, como siempre, de mi tío el coronel.

A eso de las seis de la tarde, resuelto y con todo dispuesto ya para llevar a cabo la ejecución, recibí el aviso de que el coronel Durán López había sufrido un infarto del miocardio, por lo que estaba siendo atendido de urgencia en el hospital Calixto García. De improviso, todo mi ímpetu vengativo se distendió para dar paso a un empuje no sé si de piedad o de cargo de conciencia o de intrincado ascendiente filial (esa bobería a la que denominan el llamado de la sangre). Pudo ser también algo tan simple como una forma instintiva de agradecimiento, porque el infarto me libraba de la obligación de cometer un crimen o de la cobardía de no atreverme a cometerlo. En fin, sea lo que fuese, lo real es que partí inmediatamente rumbo al hospital, quizá con la intención de auxiliar y acompañar a mi tío en aquel percance, o tal vez solo para constatar cuán verdaderamente grave era su estado. Y por supuesto que no era tan grave como me hubiese convenido. Cuando llegué, el coronel estaba ya esperándome, sentado en el cuerpo de guardia, pálido y ojeroso, con talante más bien lastimero, y con las manos llenas de papeles con cuños y recetas médicas, pero tan vivo y frío y cínico como de costumbre. En las jornadas posteriores (que no fueron pocas, dos o tres meses como mínimo) no pude dedicarme casi a ninguna otra cosa más que a cuidar y atender al enfermo, dándole las medicinas a su hora, preparándole caldos y papillas y café con leche. Yo era la única persona allegada que le quedaba sobre la tierra, o es lo que creía entonces, y mi tío era ya un anciano con más de setenta años y con las mataduras propias de la edad. Luego, para colmo, empezó por rechazar los servicios de una asistente para cuidados domésticos que le había enviado el Ministerio del Interior. Tal vez no la quiso porque era una mujer mayor, gorda y fea, aunque perfectamente pudo ser otra de sus artimañas para obligarme a permanecer a su lado, algo que no me pasó inadvertido. No obstante, sentí que era mi obligación, que se lo debía. Y no me gustan las deudas con ventajistas. Nunca es aconsejable dormir con gordos, pues ocupan demasiado espacio.

25

No es tiempo perdido aquel que dedicamos a explorar nuestros más recónditos abismos. Es una frase hecha que escuché en boca de mi tío en los días posteriores a su infarto, y, por cierto, no era la primera, ni la única. Durante casi toda la etapa de convalecencia (al menos fue así en los dos o tres meses que yo aguanté a su lado), al coronel le dio por el papel de socrático, por más que en vez de alumbrar ideas se limitara a descargar las excreciones de su podrido corazón. Era como una necesidad de mantenerse parloteando irrefrenablemente acerca de intimidades personales que por lo general nunca mencionaba. Me recordó al protagonista de otra película que recién había visto, *El hombre del subsuelo*, un individuo al que la soledad y el aislamiento y la locura se lo están comiendo vivo, o sea, otro bicho infecto, aunque no tan monstruoso como Durán López, pero que al igual que mi tío, es odiado por casi todas las personas que le conocen. Y ocurre que a pesar de haber actuado siempre diría que con el premeditado plan de ser odiado, de buenas a primeras este tipo de bichos despierta una mañana quejándose del prójimo debido al odio que le profesan, como si no hubiese gozado cultivándolo. Y es entonces cuando se nos muestra portador de una zozobra que parece cocinarlo por dentro, con mayor intensidad en la medida en que identifica las propias limitaciones para salir (o para querer salir) del atolladero, así como para exteriorizar con palabras la sintomatología de su angustia. Mientras más hablan, menos expresan, y mientras más quieren decir, más se embrollan. En resumidas cuentas, un lío que se origina en las honduras de su egoísmo enfermizo y de su laberíntica desolación.

Desde luego que estas conclusiones he venido rumiándolas después. Porque en medio de aquel desbarajuste no me quedaba tiempo ni cabeza para ligar dos razonamientos coherentes. Eso sin contar que era muy joven, y bastante inculto, todavía más que hoy. No obstante, creo que aunque quizá inconscientemente, percibía o intuía igual que ahora el turbio resentimiento y el germen crapuloso contenidos en las cháchara s del coronel. Lo creo porque en vez de pena o de una mínima conmiseración, era repugnancia lo que sentía al escucharlo. Por suerte, llegamos a un límite en que él mismo puso freno al asunto. Bueno, en realidad no fue por suerte, sino por obra astuta de mi tío, quien se percató de que yo estaba al borde del desquicio, calentando los motores para abandonarlo porque ya no soportaba más aquel tango a capela. Entonces tuvo a bien cambiar el tema para hablarme sobre lo que él sabía que me resultaba más llevadero: sus paseos por la ciudad junto a Aurora, alias Tina, con puntuales paradas en los cines de barrio, y las aventuras de ambos entre el gansterismo habanero. Claro, más que un cambio de tema, aquello fue una pausa tonificante, después de la cual el coronel retornaría a su perorata, por lo que no me iba a quedar otra opción que huir de casa. Pero se había concedido una tregua, que nos resultó útil a los dos: a él, para ganar tiempo; y a mí, para reencaminar los planes.

Precisamente en aquellos días de tregua fue cuando escuché a mi tío hablar, creo que por primera y única vez, sobre Lezama Lima, del que no debió haber leído más que algunos capítulos o fragmentos de capítulos sueltos de Paradiso, igual que la mayoría de las personas que dicen frecuentar su lectura, yo incluido. La verdad es que nunca llegué a tragarme el bulo sobre la admiración del coronel por Lezama. Al principio ni siquiera entendí las razones que podrían impulsar a un sicario uniformado como él a detener mínimamente la vista sobre las páginas escritas por un poeta de númenes barrocos y culteranos que, para más inri, estaba censurado y demonizado por el gobierno que aquel sicario defendía, virtualmente al menos. Luego, fui comprendiendo que el acercamiento de mi tío a Lezama había respondido justo a una casualidad, la del concordante magnetismo que ambos sintieron, cada cual a su modo, ante la figura de Julio Antonio Mella. Lo confirmé en aquellos días en los que Durán López se deshizo en chistes de mal gusto en torno a lo que consideraba el sicalíptico antojo de Lezama. Pero para entonces ya lo había descubierto, puesto que en más de una ocasión el hueco de la pared me permitió observar cómo el coronel posaba ante mi madre (a quien le tenía prohibido reír al verlo), vestido todo de negro y con un sombrero de fieltro con alas anchas, también de color negro, empeñándose en asumir varias posiciones, todas a pie firme, con los brazos cruzados sobre el pecho, e intentando siempre dirigirle a mi madre miradas hondas y viriles de conspirador. Aquella pretensión caricaturesca de ser Mella, o de parecerlo por unos instantes ante Tina, alias mi madre, era inspirada por la estampa que el héroe legó a la posteridad a través de una foto a la que, según cuentan, Lezama profesaba pública veneración. Sobre el otro motivo que pesó en digamos la deferencia de mi tío para con Lezama Lima, él mismo me contaría pormenores en sus horas de convaleciente. Aunque esta historia tampoco constituyó noticia para mí, porque había sido testigo de cómo, más de una vez y a paso de desfile, el coronel conducía a mi madre por la calle San Lázaro, atravesando el monumento de los Estudiantes, hasta llegar al antiguo Palacio Presidencial, justo frente al sitio en que, *resguardado detrás de poderosas columnas babilónicas*, Lezama descubrió el amor en su adolescencia devorando con los ojos a Mella, quien electrizaba a todos a su paso frente a una gran manifestación estudiantil. Por lo demás, de *Paradiso,* mi tío Durán López había extraído el nombrete con que a veces disfrutaba llamándome, Godofredo el Diablo, tuerto y mira huecos, así que sobran las especificaciones. Creo que en este detalle, junto a lo que ya he descrito, y en algunas maromas sexuales que sacó del más socorrido de los capítulos de la novela de Lezama, se resumía la proximidad entre el coronel y el poeta. De cualquier manera, barrunto que el Mella de Lezama Lima y el de mi tío el coronel Durán López no eran los mismos, incluso los de ambos posiblemente no fueran como el Julio Antonio Mella verdadero, porque tanto uno como el otro se habrían inventado un Mella para su uso íntimo.

Tampoco Tina, ni Aurora, ni María, ni mi madre debieron ser como eran en la psiquis atrofiada de Durán López. La única excepción acaso sea yo, pues, aunque mucho me esfuerce, no consigo apreciar diferencias entre lo que ahora soy y lo que debí haber sido cuando vivía flotando entre las ondas gravitacionales de mi tío.

26

Volví a dejar la casa de Durán López tan pronto creí que ya estaba capacitado para valerse solo, aunque sospecho que siempre pudo hacerlo, por más que simulara lo contrario. Tal vez quiso entretenerme con sus fingidas limitaciones de anciano enfermo, esperanzado en que yo cedería, resignándome a la función de adlátere. Pero creo que nunca me necesitó. Posiblemente no haya necesitado nunca los cuidados y el afecto de un semejante. Las demandas del coronel estaban siempre destinadas a satisfacer pasajeros caprichos de su morbo y de sus instintos brutales. En definitiva, la verdad es que no he podido entender plenamente (ni me he esforzado intentándolo) por qué razón, él, que era un hombre tan autosuficiente y egoísta y reconcentrado en sí mismo, se empeñaba en retenerme a su lado, sabiendo que era bien poco lo que podía esperar de mí. Mientras, por mi parte, no puedo asegurar que no volví a tener dudas a la hora de la estampida. Por más que tampoco me siento especialmente inclinado a explicar los motivos de mis dudas, en el supuesto caso de que tuviera motivos y de que fuese capaz de explicarlos. Quizá los tuve y al final terminaron escurriéndose a través del hueco dcl olvido, el cual, como todo el mundo sabe, no es sino un subterfugio de la memoria. Olvidamos aquello que no nos interesa o que no queremos recordar. Después de todo, olvidar es menos trabajoso y más práctico. Si ahora mismo me diera por ponerme socrático igual que el coronel, diría lo que probablemente ya dijo alguien antes que yo, o sea, que ningún bienestar o sentimiento grato pueden existir sin la mediación del olvido. En cambio, los recuerdos funcionan muchas veces como aquella oreja de la película *Terciopelo azul*. Te los encuentras de pronto, tal vez incluso sin que vengan al caso, aparentemente abandonados pero en verdad al acecho en cualquier orilla (igual que fue encontrada aquella oreja de la película en el césped de un jardín), y basta que los identifiques para que se disparen a iluminar incógnitas que te exprimen los sesos y te provocan contorsiones en el alma. Tuve dudas a la hora de escapar nuevamente de la protección de Durán López, pero no más dudas que miedo. Aunque tal vez en este caso el miedo no me lo inspiraba tanto el coronel o la amenaza permanente de *La Rubia*, como la certidumbre de que al renunciar al abrigo de mi tío, lo perdería todo, quiero decir todo lo poco de que dispuse en la vida hasta ese momento: la comodidad de una casa con habitación privada, la tranquila confianza de saber cubiertas mis necesidades materiales y hasta ciertas aficiones como la de leer y escuchar música, pero, sobre todo, la de darle cauce a mi insaciable cinefilia, debido a lo cual sigo considerándome deudor de Durán López. Además, gracias a él había podido librarme del odioso servicio militar. Con sus influencias, conseguí matrícula en el curso de proyeccionista de cine, después de que me habían expulsado de la universidad por indisciplinas y por algo más que nunca supe a derechas de qué se trataba, pues me lo anunciaron con el muy difuso nombre de diversionismo ideológico. Eso por no decir que hoy no sería lo que soy si no hubiese podido contar con las oportunas intermediaciones del coronel a la hora de encaminarme profesionalmente. Sin embargo, aquella vez lo dejé solo, sin estar convencido de que se encontraba ya repuesto de su crisis cardíaca.

Claro que no fue mucho lo que él demoró en ir a buscarme, aunque en esta oportunidad no le resultaría tan fácil salirse con las suyas. Al principio no pudo encontrarme, o al menos eso supongo, no porque yo lo evitara exprofeso, sino porque no tuve un asentamiento estable. Dormía en los parques, en los portales, en las obsoletas paradas de guaguas, en las escaleras, o entre las ruinas de los edificios derrumbados. Por suerte, era verano, así que una vez por semana iba a las playas del este o del oeste para darme una ducha, en tanto, para el diario adopté los servicios sanitarios de la Terminal de Ómnibus, adonde acudía cada mañana para evacuar mis necesidades fisiológicas y para la elemental higienización del cuerpo y de algunas ropas. Precisamente en la Terminal de Ómnibus fue donde conocí a Sara, una empleada de la librería que cierta mañana me sorprendió cuando robaba un ejemplar de *El retrato de Dorian Gray*. Yo había visto una vieja película con ese título y sentí curiosidad por el libro. De modo que lo dejé caer dentro de mi mochila en lo que erróneamente interpreté como un descuido de la empleada. Sin embargo, cuando ya estaba a punto de alcanzar la puerta de salida, ella me detuvo y se me acercó para susurrarme palabras de contenido ligeramente críptico. Dijo algo así como que en este mundo existen solo dos tragedias, una es no obtener lo que uno quiere y la otra es obtenerlo. No entendí ni papa. Me quedé mirándola como la vaca al ordeñador (una frase de mi tío). Entonces, Sara, sonriente, y acercándose aún más, musitó con los labios casi pegados a mi oreja que si leía completo aquel libro que acababa de robarle, entendería el significado de su frase. Quedé en una pieza, pasmado por la confusión y la vergüenza, sin saber qué responderle a aquella mujer que bien podía ser mi madre, por la edad, aunque no por el físico, ya que era mucho menos agraciada que mi madre. Pero definitivamente Sara había resuelto facilitarme las cosas esa mañana, pues, sin dejar de sonreír, dijo que me llevara el libro, aunque, eso sí, no podría estropearlo mientras lo leía, para que pudiera traérselo de vuelta. Desde aquel día, la librería de la Terminal de Ómnibus devino biblioteca circulante cuyo único usuario era yo, o eso creo. Cada una semana o dos, devolvía un libro y me llevaba otro, en tanto Sara no solo hacía la vista gorda, sino incluso me ayudaba a elegir, valiéndose de sus criterios como ducha lectora, virtud más que rara, casi milagrosa entre las empleadas de librerías en La Habana. Y como frecuentemente una cosa lleva a la otra, terminé yéndome a vivir a la casa de Sara, que era viuda y con dos hijos, que eran ya mujer y hombre, ambos residentes en Miami. Primero, dormía en el viejo sofá de la sala, pero como una cosa lleva a la otra, cierta noche de un frío diciembre Sara me arrastró para su cama. Y creo que aún hoy continuaría durmiendo con ella si no hubiese sido porque luego de varias tentativas fallidas, en las que no escasearon amenazas y chantajes, junto a otras marrullerías propias del coronel, éste logró al fin salirse con la suya.

27

¿Por qué sería tan siniestro? Me cansa ponerme a desgranar una a una las múltiples respuestas que suscita esta interrogante. Suelo sintetizarlo con el corolario de que el coronel Durán López era un hombre enfermo, un loco de mierda. Sara, que lo trató en más de una ocasión y que desafortunadamente se vio obligada a enfrentar su malevolencia, sostenía que mi tío debió haber sufrido algún trauma en la infancia o en la adolescencia, para cuya mitigación se sentía impulsado a ir por ahí machacando al prójimo, digamos como una forma de inconsciente revancha. Ignoro los detalles de su vida durante la niñez. Jamás el coronel soltó prenda sobre el particular. Sé que tanto él como mi madre eran oriundos de algún pueblito cercano a la oriental ciudad de Holguín. Pero mientras mi tío vino solo para La Habana, siendo casi un niño, mi madre lo hizo (justo a instancias de mi tío) cuando era ya una joven, o sea una mujer hecha y derecha. Y eso es todo lo que conozco sobre el pasado más remoto de ambos. De cualquier manera, la hipótesis de Sara puede ser tan certera o tan errónea como muchas otras. También pudo ocurrir que no existiera una sola causa para explicar el carácter siniestro de mi tío. O que existiera una sola y fuera tan simple como que no hubo ninguna causa extraordinaria, puesto que a fin de cuentas la maldad es una propensión humana, expuesta por naturaleza a ser exacerbada mediante los resortes de la práctica cotidiana. El director de la película *El último rey de Escocia* no perdió ni un milímetro de rollo detallando las causas de la maldad de su personaje principal, un sanguinario dictador ugandés, y ello no impide en lo más mínimo que reconozcamos a este personaje como un ser humano, creíble entre los más humanos que haya recreado el cine en la postmodernidad, con todo y que se comporte como un energúmeno. Incluso, en previsión tal vez de que a algún sesudo de la psicoquinesia se le ocurriera explicar la monstruosidad del dictador basándose en su origen de presunto africano salvaje, tenemos al coprotagonista de la película, un culto y fino médico europeo (creo que escocés), que llega a convertirse en amigo de máxima confianza y hasta en mano derecha del dictador, con lo cual se revela tan salvaje como él. Y como para que no queden dudas, lo único que al final provoca un rompimiento definitorio entre los dos es la pasión o el interés sexual de ambos por una misma mujer. Entonces ahí están, juntas, mezcladas, confundidas, para el trastorno de los frívolos especuladores, parte y contraparte: dos seres con orígenes y vivencias existenciales completamente disímiles, y aun opuestas, encarnando por igual la malignidad humana. Desde luego que en el caso del médico la tipificación resulta más benigna en la película, cuando debiera ser más drástica. Pero la única tacha que parece condicionar la conducta de ambos es el apego al poder, uno porque lo posee y el otro porque disfruta privilegiadamente de sus beneficios. En fin, mejor dejamos a un lado *El último rey de Escocia*, pues casi sin querer estoy forzándome a un cotejo entre el caso de mi tío el coronel y el mío propio, que nada tenemos que ver con la película.

Algún tiempo después de irme a vivir con Sara, pude titularme como proyeccionista, y ella misma me ayudó a conseguir un empleo en el cine City Hall. No es que me hiciera feliz, el empleo quiero decir, aunque Sara tampoco, pero alguna tranquilidad me proporcionaron ambos y hasta algún que otro placer. A nadie en sus cabales se le hubiese ocurrido aspirar a la felicidad en La Habana de la primera mitad de la década de los años noventa. Ganaba un salario irrisorio como proyeccionista, pero apenas tenía gastos, porque Sara se encargaba de costear mi alimentación y el resto de nuestras necesidades comunes. Y por otro lado, aquel empleo me dispensó tantos ratos de gloria como a Totó, el niño protagonista de la película *Cinema paradiso*. Por lo menos al principio. Al igual que Totó en el cine de su pequeño pueblo, yo disfruté en el City Hall viendo por vez primera muchas películas cuya existencia ignoraba y descubriendo no pocas maravillas del cinematógrafo, mientras me esforzaba por dominar sus artilugios técnicos. Por no dejar de pasarla bien (al principio al menos), en ese empleo disfruté incluso con la cercanía de los espectadores, observándolos, estudiándolos, viéndolos disfrutar a ellos, fuese con las películas o entre ellos mismos, unos con los otros, al amparo de las vastas penumbras. Ni siquiera me agotaba lo duro del trabajo, agravado por sus ingratos resultados, ya que eran tiempos de últimos estertores para los cines de barrio y además de extrema depresión económica para el país. Corrientemente me vi en la obligación de proyectar la película solo para cuatro o cinco espectadores diseminados como beduinos en la gran extensión desértica de dos salas de proyecciones con varios cientos de butacas. Hubo un momento en que la administración decidió cerrar la sala grande y dejar en activo la del balcón, no solo por la falta de espectadores, también porque los empleados del cine habían abandonado sus puestos, tratando de ganar tiempo y espacio para lo que entonces era prioridad número uno: buscar los víveres imprescindibles para entretener las tripas aunque fuese una vez al día. Bien visto, quizá el éxodo en masa de los empleados del cine haya sido favorable para mí, que estaba a la zaga en el escalafón y habría perdido el trabajo cuando cerraron la sala grande. Sin embargo, ocurrió lo contrario. Me quedé prácticamente solo en la plantilla del City Hall. Y así, una vez cerrada la sala grande, y también clausurada la puerta principal del cine, que le daba acceso, yo, como único empleado, debía atender la taquilla, ocuparme de abrir y cerrar la puerta lateral que permitía entrar a la sala del balcón, y además acomodar a los espectadores, poner en funcionamiento los ventiladores, cerrar la puerta antes de que se iniciara la función, apagar las luces y luego proyectar el filme. Solía ocurrir que alguien entre el público determinaba irse antes de que concluyera la función, entonces yo estaba impelido a detener la película, encender las luces y dejar esperando al resto de los espectadores para ir a abrirle la puerta al que se marchaba. Era algo para reír y para exasperar también, como en los gags de los hermanos Marx, gracioso al inicio pero luego se fue haciendo cargante. Sin embargo, no podría negar que aquel paso por el City Hall aportó una experiencia trascendental para mi vida, lo cual no significa que me doliera huir de allí cuando al fin pude hacerlo.

Entretanto, mi tío el coronel no había dejado de azuzar a Sara para que me abandonase a su merced. Primero, la importunó con dos o tres visitas, siempre en el papel de tutor preocupado por recuperar la salvaguarda del único familiar que le quedaba sobre la tierra. Sara le respondía invariablemente que yo era un hombre con todas las de la ley y que no estaba prisionero en su casa, así que podría marcharme tan pronto lo deseara. El coronel comprendió entonces que no debía andarse por las ramas sino hacer lo que mejor sabía hacer. Amenazó a Sara. Le acosó. Hizo que constantemente la visitaran inspectores, de la vivienda, del agua y la electricidad, de salud pública..., siempre en busca de algún pretexto para multarla. Por último, le dijo abiertamente que tenía buenos contactos en la dirección de la empresa donde ella trabajaba y que le bastaría con levantar el teléfono para que la dejaran cesante. Sara no lo creyó. Se resistió a creerlo hasta el momento mismo en que vio a la administradora de la librería parada frente a ella explicándole que por razones de reducción de plantilla se veían obligados a prescindir de sus valiosos servicios. Pero ni aun así se daría por vencida ante los embates de mi tío el coronel. Le gustaba su empleo, se sentía bien rodeada de libros, pero en realidad no le hacía falta como fuente de ingresos, porque sus hijos le enviaban sistemáticamente remesas desde Miami. Así que pudo gastarse el lujo de tirarle la puerta en la cara al coronel cuando, ya desempleada, éste vino a negociar su reincorporación a cualquier librería, la que ella escogiese, a cambio de que me echara a la calle. Después, sobrevino un período de calma, relativa quiero decir. Sara pensó que mi tío el coronel había aceptado el nuevo orden de las cosas, pero yo estaba convencido de que en algún momento reaparecería. Y a la vez que convencido, creí estar preparado para rechazar su próxima embestida. Craso error.

28

Fue como en *El infierno tan temido*, película que casualmente (o eso quiero creer) me cayó en las manos para convertirse en una de las inolvidables experiencias de mi paso por el cine City Hall. Era argentina, basada en un cuento de Onetti que después tuve la dicha de leer gracias a los buenos oficios de Sara. Un individuo al que llaman Risso empieza a recibir fotos obscenas que le remite su exmujer desde varias ciudades de Suramérica, por donde viaja constantemente debido a su trabajo como actriz. Desde cada ciudad, le llegan fotos donde aparece ella haciendo sexo con hombres distintos. Esa es la exposición de la trama, que recrea un muy diabólico plan de la mujer para vengarse de su exmarido. Y es justamente por las diabólicas particularidades del plan, aunque las historias no coincidan en nada más, por lo que relaciono esta película con el motivo que me hizo abandonar a Sara y al cine City Hall, ambos el mismo día y sin despedirme siquiera.

En mi caso, el infierno tan temido me fue anunciado también mediante fotografías que empecé a recibir sistemática y puntualmente una vez por semana. La primera (que al igual que todas las demás, me llegó por correo postal a la dirección del City Hall, y no a la de la casa de Sara) reproducía a lo ancho de todo el cuadro un rostro femenino pasmosamente parecido al de mi madre y al de Tina, alias Aurora, solo que era el rostro de una adolescente, casi una niña. De inicio, pensé que era una foto de mi madre o de alguna de las otras mujeres mencionadas, cuando eran muy jóvenes, o en todo caso de mi hermana Ángela, pero tuve que desechar de inmediato estos supuestos, no solo por la comprobación a ojos vista de que la foto había sido tomada recientemente, sino porque además tenía inscrita en el dorso la fecha de impresión. Era obvio que el remitente había previsto mi confusión y se ocupó de subsanarla a priori. En la segunda foto aparecía la misma muchacha pero de cuerpo entero. Bella, luminosa, perfecta, aún más que María. Y en la tercera foto aparecía un nombre junto a la fecha de impresión: *Fela, abril de 1996*. Al leer aquello volvió a temblarme todo por dentro, porque justamente mi madre se nombraba Felicia pero entre los de la familia siempre le llamaron Fela. Ya no tuve la menor duda de que era mi tío el coronel Durán López quien me estaba remitiendo las fotos. Entonces perdí el sueño. Y no únicamente. También perdí el apetito y la serenidad y la compostura.

Vivía cada segundo pendiente del envío de la próxima foto. Para peor, por más vueltas que le daba al meollo, no conseguía establecer quién era la fotografiada, ni podía abrirme paso en la retorcida maraña de intenciones de su seguro remitente. Con la llegada de la cuarta foto logré despejar algunas dudas, pero se exorbitó mi nerviosismo. Era la única que no había sido tomada en días recientes. Fela era todavía una niña, pero inconfundible, y aparecía en la foto junto a mi hermana Ángela. Al dorso, estaba escrito: *Yo y mi mamá, en Holguín, 1990*. No era posible, debía estar viviendo una pesadilla. Mi hermana Ángela había desaparecido de la casa cuando tenía 16 años de edad, allá por los finales de la década de los setenta o a inicios de los ochenta. Siempre me dijeron que se había escapado con un joven del barrio, junto al cual presumiblemente se embarcó en una balsa rumbo a Miami. Pero nunca más tuve noticias suyas. De haberse ido a vivir en Holguín o en otro lugar cualquiera del país, era totalmente incomprensible que no se comunicara con nosotros, ni una sola vez a lo largo de más de 20 años. De manera que esta cuarta foto, al tiempo que vertía luz sobre la probable identidad de la hermosísima Fela, terminaba de hundirme en la confusión y en el estupor. ¿Acaso mi hermana Ángela estaba viviendo secretamente en

Cuba y hasta tenía una hija que yo no conocía? ¿Era posible que no fuese el coronel, sino ella, mi hermana, quién se dedicaba a remitirme esas fotos? ¿Pero qué sentido podía tener que, después de tanto tiempo sin vernos y sin la menor comunicación, decidiera contactar conmigo en forma tan extravagante y además anónima? ¿Contenía un mínimo de racionalidad la suposición de que mi hermana Ángela no se escapó nunca, como yo creía, sino sencillamente se mudó de provincia, mientras mi tío y mi madre -pero sobre todo mi madre- lo sabían y decidieron ocultármelo indolentemente? O acaso algo todavía más insólito, ¿sería que mi propia hermana estaba actuando como cómplice en lo que parecía una nueva urdimbre de perversidades entretejida por el coronel para obligarme a regresar a su casa? La quinta foto precipitó el clímax. También había sido tomada en días recientes. Y para mi total perplejidad, vi que en ella aparecía Fela junto a Durán López. Él con el brazo por encima de los hombros de ella. Entonces no esperé más. Corrí con la lengua afuera rumbo a la casa de mi tío.

29

Fue mi último regreso. Desde aquella mañana en que corrí de vuelta a la casa del coronel -hace ya varios años-, nunca más he necesitado huir. Y no lo he deseado. Entre otros motivos porque al poco tiempo después de mi llegada el ausente sería mi tío, quien se marchó para siempre, por el hueco de la muerte, en las circunstancias menos esperadas, aunque no en las menos oportunas. Según creo haberle oído decir alguna vez a Woody Allen, el aspecto positivo de la muerte es que está entre las pocas cosas que podemos hacer cómodamente acostados en una cama. Eso me sugiere que el coronel Lorenzo Durán López tuvo tino y suerte hasta en la hora de elegir -para su propio acomodo, aunque no para el de sus víctimas-, el aspecto más positivo de la muerte. ¿Se puede hacer el mal durante toda la vida y luego morir muy apaciblemente acostado en la cama? Una pregunta más o menos semejante formula alguien en la versión fílmica de *Rigoletto*, pero no ofrece la respuesta, la deja en el aire, supongo que para que cada espectador haga uso de la suya propia. En lo que a mí respecta, respondo que sí se puede, ya que conocí de cerca al coronel Lorenzo Durán López.

Hay otra pregunta que también queda flotando en la película *Rigoletto,* y que me resulta difícil responder, tal vez porque me toca en los fueros íntimos: ¿se puede hacer el mal y luego seguir siendo la misma persona que éramos antes de hacerlo? Tal vez no. Aun cuando sea cierto eso de que comprender es perdonar, ¿y quién mejor que nosotros para comprender lo que hacemos nosotros mismos? De cualquier forma, más allá de mi caso particular, he visto con frecuencia -y quizá sea común- que detrás del perdón acecha agazapada la condenación.

La propia Fela me abrió la puerta al llegar de regreso aquella mañana a la casa del coronel. Quedé como de piedra al verla, sin decidirme a entrar y sin poder articular palabra. Era (es) el espíritu mismo de lo bello, mezclado con el de lo tierno y lo sensual en una simbiosis abrumadora. Aparentaba tener justamente la edad que tenía, 14 años, igual que Julieta la de Romeo. Su semblante, su mirada, su sonrisa parecían envueltos en un halo sobrehumano como el que pienso que quizás rodearía a los ángeles y a las vírgenes de las iglesias, si pudiesen (como Fela pudo aquella mañana) trascender los límites de la abstracción. Recuerdo que ella también quedó estática, mirándome con sus ojos grandes, negros como la ausencia y tenuemente achinados -supongo que trataba de identificarme-, así que, como siempre, debió ser mi tío el encargado de romper el conjuro.

Enseguida supe que efectivamente era hija de mi hermana Ángela, la cual, según la historia que me narró entonces el coronel (incompleta o completamente falsa, igual que todas sus historias), se había marchado de nuestra casa al quedar embarazada por un friki del barrio, y entonces estaba temerosa de que tanto mi madre como mi tío la echaran a la calle en cuanto lo supieran. Es la causa por la que se fue a vivir con unos parientes en Holguín. Sobre el friki, presunto padre de Fela, me narró el coronel que no quiso acompañar a Ángela, ni estuvo dispuesto a darle el frente a su embarazo, pero tampoco quiso informar sobre su paradero, en caso de que lo conociera, así que, para evadir responsabilidades, se esfumó del barrio. Ciertamente la verdad era bien distinta, pero yo no podría develarla hasta más adelante, cuando, ya muerto el coronel Durán López, logré leer por vez primera varias cartas que desde Holguín me había enviado mi hermana Ángela y que nunca me fueron entregadas. Es lo menos malo que me ocurrió, después de todo, porque si en aquel momento me hubiese enterado de la verdad, o de las verdades, referidas tanto a mi hermana como a otros asuntos igualmente delicados y graves, entonces sí que no habría tenido más alternativa que liquidar al coronel, con el agravante de que había visto la película *Sin perdón*, donde uno de los personajes, un matón con dos revólveres, revela lo duro que es matar a un hombre, pues le quitas todo lo que tiene y hasta lo que pudo tener.

Al llegar de vuelta a la casa de mi tío el coronel, me encontré con que Fela estaba instalada en la que fue siempre mi habitación. Y aunque ella me invitó amablemente a compartirla (presumo que por indicación de Durán López), yo preferí dormir en la sala. Apenas acepté guardar allí mis escasas pertenencias, cuidando siempre de ir por éstas en algún momento en que Fela estuviese en otra de las habitaciones de la casa, y cuidando, en la medida de mis posibilidades, que tampoco el coronel tuviera acceso a las intimidades de la muchacha. No volví a tomar posesión del cuarto hasta después de la muerte de mi tío, cuando pedí a Fela que ocupase la habitación que él había compartido con mi madre. Solo a partir de ese instante pude adentrarme en los excelsos primores de la sobrina, contemplándola a través del hueco en la pared. ¿Sobrina? ¿Nada más?

30

Iba a escribir aquí que después de la muerte del coronel Durán López debió pasar el tiempo para que al fin yo pudiese recuperar mi control. Pero ciertamente no es posible recuperar lo que nunca se tuvo. Incluso aún hoy no se me da fácil el control, aunque he mejorado mucho. Dijo Anthony Hopkins en la película *Instinto* que el control es lo que nos hace despiadados y destructivos. No lo respaldo ni lo desmiento, puesto que me falta competencia en la materia. Apenas puedo añadir que el control siempre fue una de mis carencias más desoladoras y que quizá por ello me resultó placentero ganar control sobre mis actos y aun sobre mi carácter. Pero solo pude conseguirlo una vez muerto el coronel. La paradoja es que se trata de otra de las ganancias que debo agradecerle a mi tío, quien, antes de morir, se ocupó de asegurarme un nuevo empleo y hasta podría decir un nuevo estatus. Como luego del regreso a casa no volví al cine City Hall, ni a despedirme, y ya que tanto me gustaba aquel empleo, mi tío se apresuró a gestionarme otro similar, pero en los estudios fílmicos de las fuerzas armadas, donde, también gracias a él, pude ascender rápidamente, con relativa facilidad, y no un solo escalón, sino varios. Primero, subí al puesto de editor fílmico; después, al de asistente de dirección; y finalmente, a director de películas, para lo cual me vi obligado a matricularme en varios cursos, que en la misma medida en que me capacitaban técnicamente y me propiciaban ascensos de profesión y de salario, me otorgaron grados militares, algo que nunca estuvo entre mis aspiraciones, ni siquiera en mi gusto, pero que ha representado un sacrificio menor, si se compara con la cuantía de los beneficios.

En resumen, casi sin darme cuenta, embullado como estaba con la ilusión de hacer cine -sin que me importasen mucho las limitaciones técnicas y de género-, terminé convertido en oficial del ejército, teniente. Y creo que precisamente en ello radican mis adelantos de hoy en lo referido al control. Lo paradójico es que el control que ahora puedo ejercer sobre mis actos y sobre mi carácter permitió que llegase al fondo de la verdad en esta historia del coronel Durán López y mi madre y mi hermana, abriéndome paso entre el maremagno de detalles ocultos y de otros obstáculos que dejó exprofeso el propio Durán López. Todavía más, no solo el control me ha reportado útiles servicios. También me los reportan el uniforme y los grados militares.

Mediante las cartas de mi hermana Ángela me había enterado de que su embarazo no fue obra del friki de nuestro barrio sino de Durán López. El friki no resultó a la postre sino otra víctima del coronel, según me contaba Ángela, con lo cual sospecho que se estaba refiriendo a la fulminante y digamos misteriosa manera en que desapareció el friki. En cuanto a la mudada para Holguín, también me aclaraba Ángela que había sido idea del coronel, quien se ocupó personalmente de su traslado y además de contratar allá a una pariente para que le diese albergue y la cuidara durante el proceso del embarazo, todo con la aprobación de mi madre, la cual –me comentaba Ángela, indulgentemente- había actuado bajo el opresivo sometimiento de Durán López, razón por la que yo no debía guardarle rencor. Después de dar a luz a Fela, mi hermana resolvió quedarse a vivir en Holguín, para marcar distancia (me decía en la carta), mientras trataba de criar a su hija lejos del complicado radio familiar. Sin embargo, ya vemos que en eso ella tampoco tuvo suerte. Por más que no haya sido la suerte sino mi tío el coronel quien otra vez dispondría la desgracia como destino para Ángela.

31

¿Por qué razón Durán López habrá permitido que las cartas de Ángela llegasen a mis manos? Si realmente él estaba interesado en que yo no las leyera, ¿por qué no las destruyó? Pero si, en cambio, quería facilitarme su lectura, ¿por qué no me las entregó en persona antes de morir? ¿Fue casual que a la hora de su muerte dejase a mi alcance la llave de la gaveta donde me aguardaban todas las cartas, algunas incluso engavetadas sin abrir, y todas cuidadosamente ordenadas por fechas? Justo en la última de sus cartas, mi hermana Ángela me anunciaba que tal vez muy pronto volveríamos a encontrarnos, puesto que tenía en plan viajar a La Habana un día después de aquel en que la escribió. Pero el reencuentro nunca se produjo. Ni tampoco escribiría otras cartas.

De repente sucede, algo se acciona en el fondo de ti, un disparo o tal vez un cañonazo que perfora tus entrañas, iluminándote mientras te atraviesa. Intuyes que las reglas van a cambiar o que han cambiado ya para siempre. Sabes que a partir de ese momento nada volverá a ser igual. Cosas por el estilo se dicen o se sugieren en *Tres metros sobre el cielo*, una película de dudosa factura y con un argumento medio fascistoide, pero que como casi todo lo malo, no está exento de revelar útiles enseñanzas. Ahora mismo, por ejemplo, recuerdo esa película porque alguna conmoción parecida experimenté yo al fijarme en la fecha de aquella última carta de Ángela: 5 de enero de 1992, es decir, en vísperas del quinto aniversario de la muerte de mi madre, y del cincuenta aniversario -de acuerdo con la fecha oficial- del fallecimiento de Tina Modotti en México.

Casi está de más añadir que sin darle otras vueltas al asunto me fui a Holguín, en busca de la pariente en cuya casa habían vivido Ángela y Fela. Y esa pariente, supongo que gracias a mi controlado comportamiento y a mi uniforme de oficial del ejército, apenas contempló reparos a la hora de hablar hasta por los codos, testimoniando que, en efecto, Ángela se había marchado de su casa, en compañía del coronel, la noche del 5 de enero de 1992, y que dejó a Fela a su cuidado, con la promesa de regresar muy pronto a buscarla. Nunca más la pariente había recibido noticias directas de mi hermana, pero a través del coronel supo que estaba bien, en su casa de La Habana, y que además había cumplido lo prometido, pues, pasado algún tiempo, mandó a buscar a Fela con el propio Durán López. Por inercia, le pedí entonces a la buena señora que hiciera un esfuerzo de memoria para que confirmase si aquella noche del 5 de enero, cuando Ángela abandonó su casa, iba vestida con falda negra, blusa blanca, zapatos negros de trabita con tacón bajo, y una chaqueta negra, más un moño redondo en lo más alto de la cabeza y cubierto con una peineta roja. Y es claro que no necesito volver a torturarme reproduciendo su respuesta, sazonada además por algunas minucias que no me dejaron el menor resquicio para dudas. Y no fue todo. Presumo que gracias en gran medida a mi uniforme de oficial, la buena señora tuvo a bien aclararme (aun antes de que yo se lo preguntase) que el coronel Durán López no era cuñado sino hermano carnal de mi madre, pese a lo cual había tenido dos hijos con ella, razón por la que decidió alejarla del chismorreo de aquel pueblo pequeño, infierno grande, llevándola a vivir en La Habana.

Se comprenderá entonces por qué me ha resultado imprescindible en los últimos años hacerme del control que siempre me faltó. Sin ir más lejos, cada página, cada renglón, cada palabra que he escrito para contar esta historia, serían impensables sin su valimiento. Creo que sin el debido control sobre mis actos y sobre mi carácter, ni siquiera hubiese podido soportar, luego de aquel viaje a Holguín, el ordinario peso de la vida. Eso por no decir que se habrían truncado mis avances en el orden profesional, así como el de mi revitalizante cinefilia. Orson Welles, en la película *Sed de Mal*, le pide a una vidente (Marlene Dietrich, nadie menos) que le adivine el porvenir. Ante lo que ésta responde que no lo tiene, pues ya agotó completamente su porvenir. Creo que en esa misma situación me vería yo ahora si no hubiese descubierto a tiempo los rendimientos del control. Por su enriquecedor canal he logrado la profesión de mis sueños, y hasta un estatus social con el que no contaba (pronto me pondrán los grados de capitán, y apenas con algún curso más llegaré a coronel). Igualmente el dominio sobre mí mismo abrió las arcas para darme paso hacia el más elevado de los éxtasis, algo cuya existencia ni siquiera sospechaba. Gracias a mi control de hoy (y al hueco en la pared de mi cuarto, no más faltara), puedo gastarme la exclusividad de explorar, descubrir, poseer cada noche los encantos de Fela.

Por cierto, en las últimas jornadas mi emoción ha llegado a rozar el paroxismo, al punto que no sé hasta cuándo podré seguir manteniendo el control, pues cada noche, la veo (como si me esperase) puntualmente acostada, desnuda y boca arriba, con el pubis cubierto por una rosa roja y con dos breves pétalos sobre los pezones.

Del autor

El escritor habanero José Hugo Fernández ha publicado más de una treintena de libros, entre ellos, las novelas *Los jinetes fantasmas, Parábola de Belén con los Pastores, Mujer con rosa en el pubis, Florángel, El sapo que se tragó la luna, o El tigre negro*; los libros de cuentos *La isla de los mirlos negros, Yo que fui tranvía del deseo, Hombre recostado a una victrola, o Nanas para dormir a los bobos o Muerto vivo en Silkeborg*. Los libros de ensayos y crónicas *Siluetas contra el muro, La explosión del cometa y Entre Cantinflas y Buster Keaton*... Reside actualmente en Miami.

LISTADO DE TÍTULOS Y PRECIOS DE EDITORIAL PRIMIGENIOS

1. *1932, Dios, revolución y libertad*. Poesía. Carlos Salina Granda (Perú). $5.99
2. *1968 y el cine, Memorias del 3er Encuentro de la crítica cinematográfica*. Compilación de Pedro R. Noa. $9.99
3. *A la sombra del mediodía*. Poesía. Luis de la Cruz Pérez Rodríguez. $7.99
4. *A quién pregunto por mí*. Poesía. Andrea García Molina. $12.99
5. *A veces, cuando el silencio*. Poesía. José Antonio Martínez Coronel. $9.99
6. *Abrazo a un búcaro sin flores*. Poesía. David Montero Figueredo. $6.99
7. *Actos en la tierra*. Poesía. Eduardo René Casanova Ealo. $5.99
8. *Adiós Rembrandt y otros relatos*. Colección de cuentos. Manuel Antonio Morales Felipe. $7.99
9. *Adoptando a Mini*. Novela ilustrada. Marié Rojas Tamayo. $7.99
10. *Agradecido entonces como un perro*. Poesía. Guillermo Hernández Montero. $5.99
11. *Al borde de las piedras*. Poesía. Yans González García. $5.99
12. *Al diablo el que me lo pida*. Narrativa. Nuris Quintero Cuellar. $5.80
13. *Al otro lado del mundo*. Poesía. Eduardo René Casanova Ealo.$5.99
14. *Al sur de los páramos*. Poesía. Miladis Hernández Acosta. $5.99
15. *Alas verdes*. Poesía. Lucy Barroso Hernández. $9.99
16. *Alguien está en las cenizas*. Novela. Marilú Rodríguez Castañeda. $9.99
17. *Alta Definición, antología de cuentos inspirados en los medios de comunicación audiovisual*. Barbarella D´Acevedo. $9.99
18. *Amalgama*. Poesía. Ileana Hernández Goicochea. $12.99

19. *A-Mar*. Novela. Marlene E. García. $5.99
20. *Ámbito de amar, la poética de Rafaela Chacón Nardi.* Ensayo. Mayra del Carmen Hernández-Menéndez. $9.99
21. *Amores difíciles*. Periodismo. Leonardo Depestre Cantony. $7.99
22. *Anita Mur*. Novela. Frank David Frías Rondón. $9.99
23. *Ante la misma puerta*. Poesía. Gilda Guimeras. $4.99
24. *Antes de amancebarme con la enana zíngara contorsionista*. Narrativa. Alberto Garrandés. $9.99
25. *Antología Memorable: poemas para no olvidar*. Poesía. Selección de Juan Carlos García Guridi. $7.99
26. *Antología Voces dispersas*: *Once mujeres poetas*. Poesía. Miladis Hernández Acosta e Ivonne Sánchez-Barrea. $7.99
27. *Aquellos ojos verdes*. Narrativa. José Luis Riverón Rodríguez. $7.99
28. *Arcos fracturados*. Narrativa. Manuel Roblejo Proenza. $5.99
29. *Así hablamos los cubanos*. Ensayo. Orlando Adán. $20.00
30. *Autos de duda*. Poesía. Niurbis Soler Gómez. $5.99
31. *Bajo la rueca*. Narrativa. Luis de la Cruz Pérez Rodríguez. $5.99
32. *Bajo las órdenes del silencio*. Cuentos. Alejandro Martínez Sánchez. $7.99
33. *Balada de tus ojos*. Poesía. Ray Nelson Pons Días. $5.99
34. *Bestias del paraíso*. Poesía. Roberto Frank Valdés. $5.99
35. *Bitácora de un paria*. Poesía. Yerandy Pérez Aguilar. $12.99
36. *Blasfemia del escriba*. Cuentos. Alberto Guerra Naranjo. $11.99
37. *Breves estudios en torno a la soledad*. Poesía ilustrada. Esther Suárez Durán. $7.99
38. *Cabalgar la zoo-política: Aproximaciones a una posible revolución indoamericana pospandemia*. Ensayo. Carlos Salinas Granda. $5.99
39. *Cacería*. Narrativa. José Hugo Fernández. $7.99
40. *Cancionero español: (Álbum de covers) Volumen 1*. Narrativa. Alejandro Langape. $9.99
41. *Canto a mi cabeza loca (Dinámica del cuerpo)*. Poesía. Claudette Betancourt Cruz. $5.99

42. *Cartas a Leandro*. Narrativa. Ramón Díaz-Marzo. $9.99
43. *Casco de Dios*. Poesía ilustrada. Marié Rojas Tamayo. $9.99
44. *Cenizas al viento*. Cuentos. Teresa Medina Rodríguez. $9.99
45. *Círculos de agua: nacidos después de los 80*. Antología de cuentos. Dulce M. Sotolongo. $9.99
46. *Columpios de la suerte*. Poesía. Minerva Pérez Corcho. $5.99
47. *Como arrullo de tórtolas*. Poesía cristiana. José Luis Riverón Rodríguez.$7.99
48. *Como el río del tiempo: una mirada a la obra de Leonel Cobo a través del verso rimado*. Poesía y obras plásticas. José Luis Riverón Rodríguez. $15.00
49. *Como en un sueño, la vida*. Poesía. José Antonio Martínez Coronel. $5.99
50. *Como salir de un país*. Poesía. Ricardo López. $5.99
51. *Como una mancha de peces*. Narrativa infantil. Miguel Ángel González Pérez. $5.99
52. *Con ojos de piedra y agua*. Poesía. Ana Margarita Valdés Castillo. $5.99
53. *Con un par de alas tremendas: Sonetos de vuelo popular*. Poesía. Juan Carlos García Guridi. $5.50
54. *Concierto para Denysse*. Poesía. Luis Mariano (Lewis) Estrada Segura. $5.99
55. *Confesiones de mujer*. Poesía. Yasmín Sierra Montes. $5.99
56. *Conjuro de diamante*. Poesía. Juan Carlos Mirabal. $13.99
57. *Conjuro de diamantes*. Poesía. Juan Carlos Mirabal. $ 13.99 y $9.00
58. *Conspiración en La Habana*. Novel. Eduardo N. Cordoví Hernández. $19.99
59. *Corrimiento al rojo*. Poesía. Benito Martínez Martínez. $7.99
60. *Cosa más grande la vida!* Humor. José Luis Riverón Rodríguez. $7.99
61. *Cosas de un niño grande*. Infantil. Hebert Poll Gutiérrez. $5.99
62. *Cosas que vienen del cielo*. Narrativa. Yolanda Felicita Rodríguez Toledo. $10.00

63. *Criaturas*. Cuentos. Alex Schweg. $7.99
64. *Crónica de una matanza impune, Persecución y asesinato de emigrantes canarios en Cuba*. Ensayo. José Antonio Quintana García. $7.99
65. *Cruce de caminos*. Poesía. Antonio Santana Pérez. $7.99
66. *Cuando aparecen los elefantes*. Libro infantil ilustrado. Norge Sánchez. $9.99
67. *Cuando el dolor se convierte en palabra*. Poesía. Elizabeth Álvarez Hernández. $5.99
68. *Cuando me besan tus ojos*. Poesía. Félix Alexis Guerra Menéndez. $5.80
69. *Cuba en la calle*. Fotografías de la Cuba actual. Felipe Rouco Llompart. $24.99
70. *Cuba la revolución usurpada*. Ensayo. Oscar G. Otazo. $15.99
71. *Cuba y los fotógrafos viajeros: Desde 1841 a la actualidad*. Ensayo bibliográfico. Ramón Cabrales y Rufino del Valle Valdés. $12.99
72. Cuba: crónicas de a pie. Crónicas. Jesús Arencibia Lorenzo. $9.99
73. *Cuba... qué linda es Cuba*. Narrativa. Hebert Poll Gutiérrez.$7.99
74. *Cucumí no aparece en el internet*. Novela negra. F. P. Ray. $9.99
75. *Cuentos del abuelo*. Ilustrado. Fernando Baracaldo Alba. $7.99
76. *Cuentos e historias para la (des) memoria*. Narrativa. Oscar Montoto Mayor. $9.99
77. *Cuentos feroces*. Cuentos. Alina Moreno. $9.99
78. *Cuentos para crecer juntos*. Ilustrado. Marié Rojas Tamayo. $7.99
79. *Cuentos para soñar* (ilustrados). Narrativa. Sarah Graziella Respall Rojas. $19.99
80. *Cuentos, baladas y otras sospechas*. Cuentos. Luis Felipe Ruano. $23.00
81. *Cuervos sobre el trigal*. Cuentos para adultos. Yasmín Sierra Montes. $7.99
82. *Cúmulos nimbos*. Poesía. Isbel G. $5.99
83. *Curvas sobre la superficie del objeto*. Poesía. Anisley Miraz Lladosa.$5.99

84. *De picha, y señor mío*. Narrativa. José Luis Riverón Rodríguez. $7.90
85. *De poesía y poetas*. Ensayo. Armando Landa Vázquez. $9.99
86. *De tiempos y siluetas*. Poesía. Yarelis Gandul Cabrera. $15.99
87. *Décima para mi princesa*. Poesía. Katia Pérez Padrón. $5.99
88. *Defensa siciliana 115 partidas magistrales*. Ajedrez. Félix Raúl Pérez Hernández. $12.99
89. *Desde mi ventana*. Poesía y relatos. Irene Castillo. $7.99
90. *Desnuda ante tus ojos*. Narrativa. Jenny Díaz Valdés. $5.99
91. *Después de la Caída*. Poesía. Miladis Hernández Acosta. $9.99
92. *Dientes de perro*. Crónicas. Manuel Pereira. 19.99
93. *Diez cuentos que estremecieron a Cuba*. Narrativa. Carlos Esquivel. $9.99
94. *Dodo danza sobre un dado*. Poesía. Sergio Trincado Torres. $14.99
95. *Donde anida el colibrí*. Narrativa. Zuleica Ruíz Peix. $6.00
96. *Donde el espejo no llega*. Poesía. José Antonio Martínez Coronel. $5.80
97. *Donde los ojos lavan sus imágenes*. Poesía. Ramón Elías Laffita. $9.99
98. *Donde termina la mirada*. Poesía. Norge Sánchez. $12.03
99. *Dos libros de Guerra (escrito a cuatro manos)*. Poesía. Félix Guerra Pulido y Félix Alexis Guerra Menéndez. $9.99
100. *Duendes del domingo*. Libro infantil ilustrado. Daimy Díaz Laborda. $10.99
101. *Dulce café*. Poesía. Rafael Vilches Proenza. $5.99
102. *E. A. Vol. 1 Breve antología del taller de literatura fantástica y de ciencia ficción "Espacio Abierto"*. Daniel Burguet y Abel Guelmes Roblejo. $9.99
103. *Ejercitar el criterio*. Crítica de narrativa. Waldo González López. $12.99
104. *El agua rota de los sueños*. Poesía. Alejandro Rejón Huchin. $5.99
105. *El ángel en la sombra*. Poesía. Raudel Sosa Pérez. $5.99

106. *El árbol de mi alma*. Poesía. Vivián Suárez García. $5.99
107. *El cacique Turquino*. Cuentos ilustrado. Norge Sánchez. $9.99
108. *El cagüeiro negro*. Narrativa. Eduardo Báez. $14.99
109. *El camino*. Literatura cristiana. Jesús Cardoso López. $7.99
110. *El carcaj pleno de colores*. Ensayo sobre la obra del pintor Domingo Ramos Enríquez. Ana Julia Gutiérrez Ulloa. $5.99
111. *El cocinero, el sommelier, el ladrón y su (s) amante (s)*. Ensayo. Frank Padrón. $45.99
112. *El desventurado domingo de Dominga*. Libro ilustrado para niños. Noel Silva González. $12.99
113. *El dolor de ser vivo*. Poesía. Ronel González Sánchez. $7.99
114. *El eco del silencio*. Poesía. Teresa Medina Rodríguez. $9.99
115. *El fuego del ángel*. Poesía juvenil. Miladis Hernández Acosta. $5.99
116. *El fúnebre cantar del cisne blanco*. Poesía. Guillermina Consuelo Samsaricq González. $5.99
117. *El girasol*. Novela de ciencia ficción. Jonathan Sánchez. $7.99
118. *El heno a cuestas: crónica de un duet(l)o en torno a la comunidad*. Ensayo. José Luis González-Almeida. $13.99
119. *El idilio de los iguales*. Narrativa. Alberto González. $7.99
120. *El imperio del silencio: A través del lenguaje de las tumbas, un recorrido por el Cementerio Cristóbal Colón de La Habana*. Ensayo novelado. Mario Darias Mérida. $39.99
121. *El juego de la memoria. Poesía en décima*. Poesía. Alberto Edel Morales Fuentes. $13.99 (Tapa dura) y $7.99 (Tapa blanda)
122. *El legado de los Rep*. Ciencia Ficción. José R. Barbón Hernández. $7.99
123. *El legado de los Rep*. Novela ciencia ficción. José Ramón Barbón Hernández. $7.99
124. *El libro del caos*. Poesía. Francisco (Paco my friend) Guzmán Rivero. $7.99
125. *El maravilloso mundo de las libélulas*. Colección Eureka, ciencia y técnica. Jose M. Ramos Hernández. $7.99

126. *El maravilloso viaje de Kiko y ratón*. Narrativa. Manuel Roblejo Proenza. $5.99
127. *El marmolito mágico*. Juvenil. Gabriela Sánchez. $9.99
128. *El martillo de plata*. Juvenil. Lesbia de la Fé. $7.99
129. *El momento de las iniciaciones*. Poesía. Osmari Reyes García. $5.99
130. *El monasterio interior*. Poesía. José Antonio Martínez Coronel. $9.99
131. *El nacimiento de la conciencia histórica. Conferencias en la Universidad del aire dictadas por Maria Zambrana*. Daniel Céspedes Góngora. $5.99
132. *El onceno mandamiento*. Narrativa. Marié Rojas Tamayo. $10.99
133. *El oro del imperio*. Poesía. Miladis Hernández Acosta. $9.99
134. *El personaje y su leyenda*. Historia. Leonardo Depestre Catony. $7.99
135. *El polvo rojo de la memoria*. Novela. Eduardo René Casanova Ealo. $5.99
136. *El puente y otros relatos*. Narrativa. Eduardo René Casanova Ealo. $5.99
137. *El que a buen humor se arrima, buen buena lo acobija*. Caricaturas. Ernesto Rodríguez Castro (Beli). $10.99
138. *El reino perdido de la Zapatucia*. Infantil. José Luis Riverón Rodríguez. $5.99
139. *El Rincón de san Lázaro, historia, tradición y cubanía*. Ensayo. Eduardo Milián Bernal. Edición de lujo. $25.00
140. *El Rincón de san Lázaro, historia, tradición y cubanía*. Ensayo. Eduardo Milián Bernal. Edición estándar. $15.00
141. *El rosario del hombre de ceniza*. Poesía. Álex Padrón. $5.99
142. *El secreto de la luna*. Juvenil. Griselda Leonor Rodríguez Pimentel. $7.99
143. *El señor de las patas largas*. Narrativa infantil ilustrada. Nuris Quintero Cuellar. $14.99
144. *El silencio de los culpables*. Narrativa. Anisley Miraz Lladosa.

$9.99

145. *El silencio que dicen*. Poesía. Abel German. $5.99
146. *El tiempo de la esperanza y otros cuentos*. Gisela Lovio Fernández. $11.99
147. *El tridente, décimas antológicas cubanas*. Poesía. Carlos Esquivel, J. L. Serrano y Ronel González. $15.99
148. *El triunfo de Eros*. Narrativa. Barbarella D´Acevedo. $9.99
149. *El último sol*. Poesía. Miroslaba Pérez Dopazo. $5.99
150. *El velo de la certeza*. Poesía. José Antonio Martínez Coronel. $5.99
151. *Embestidas de la piel*. Poesía. Odalys Leyva Rosabal. $5.99
152. *Emigrados de fondo*. Poesía. Fernando Lobaina Quiala. $4.99
153. *En el límite*. Narrativa. Maritza Vega Ortiz. $10.00
154. *En esta claridad está mi casa*. Poesía. Beatriz del Rosario Torrente Garcés. $6.99
155. *En este barrio no hay vampiros*. Novela. Luis Pacheco Granado. $7.99
156. *En la gruta del tiempo*. Narrativa. Felicia Hernández Lorenzo. $8.99
157. *En La Habana de ahora mismo, dos historias de Boston Franco*. Cuentos. Dagoberto José Valdés Rodríguez. $7.99
158. *En un raro lugar y otras historias*. Cuentos. Jeiddy Martínez Armas. $7.99
159. *Encrucijadas y naufragios*. Cuentos. José Valdés Rodríguez. $7.99
160. *Enigmas de la otra*. Poesía. Nuris Quintero Cuellar. $5.80
161. *Entre piropos, dichos y refranes*. Décima. Noelio Ramos Rodríguez. $6.99
162. *Eros*. Poesía. Armando Landa Vázquez. $5.99
163. *Es la hora de los hornos*. Poesía. Norge Sánchez. $5.99
164. *Escaras*. Poesía. José Alberto Nápoles. $5.99
165. *Escritos de un plumazo*. Narrativa. José Alberto Collazo. $7.50
166. *Estaba la pájara pinta*. Ensayo. José Antonio Martínez Coronel. $36.99
167. *Fábula del presunto cuerdo*. Narrativa. Edilberto Montecé. $7.99

168. *Fauna cavernícola*. Ensayo. José M. Ramos Hernández. $7.99
169. *Feria de máscaras*. Poesía. Yamilka González Pérez. $5.99
170. *Fiesta de rimas*. Poesía ilustrada para niños. Eliane Acosta Moreira. $11.99
171. *Filosofía política de la guerra*. Ensayo. Carlos Salinas Granda. $10.99
172. *Fragmentaciones de la luz*. Poesía. Luis Mariano Estrada (Lewis). $7.99
173. *Fragmentaciones del silencio*. Poesía. Ana Ivis Cáceres de la Cruz. $5.99
174. *Frederich Cepeda, la voluntad como primicia*. Ensayo. José Ramón Crespo Jiménez. $40.00 y $12.99
175. *Frontera azul*. Novela. Abel German. $15.99
176. *Fruto Rojo*. Poesía. Ana Herminia Rodríguez. $5.99
177. *Gabriela en el espejo*. Cuentos ilustrados para niños. Norge Sánchez. $9.99
178. *Gabriela*. Infantil. Norge Sánchez. $5.99
179. *Gentes, volumen II*. Cuentos. Roberto Peláez Romero. Tapa blanda. $9.99
180. *Gentes, volumen II*. Cuentos. Roberto Peláez Romero. Tapa dura. $28.99
181. *Gentes*. Cuentos. Roberto Peláez Romero. $7.99
182. *Germán pinta guaraparanganas*. Artes plásticas. Germán Molina. $11.99
183. *Gestos brutales*. Cuentos. José Alberto Velázquez
184. *Glosar el viento*. Poesía. Ana Rosa Díaz Naranjo. $12.99
185. *Guijarros*. Poesía. Norge Sánchez. $4.99
186. *Habana cool*. Crónicas. José Hugo Fernández. $9.99
187. *Historia de amor*. Libro infantil ilustrado. Norge Sánchez. $9.99
188. *Historias en la almohada*. Poesía. Armando López Carralero.$8.65
189. *Hombre que escribe en banco sin parque*. Poesía. Ulises Hernández Expósito. $5.90

190. *Hombreriego*. Narrativa. Raúl Hernández Pérez. $5.99
191. *Hombres de rutina*. Narrativa. Marlon Duménigo. $5.99
192. *Huellas de una nación*. Fotografía. Yovanis González Elizalde. $5.99
193. *Insectos para principiantes*. Divulgación científica. José M. Ramos Hernández. $7.99
194. *Instantes en la memoria*. Poesía. Agustín Ramón Serrano. $5.99
195. *Jardín mecánico*. Poesía. Luis Alonso Cruz Álvarez. $7.99
196. *Jato*. Juvenil. Belkis Reyes Soto. $13.99
197. *Juan Pirindingo y otros cuentos*. Libro infantil ilustrado. Delsa López Lorenzo. $12.00
198. *Katabasis*. Cuentos. David Martínez Balsa. $ 7.99
199. *Kiko Pemba, espíritu del monte*. Poesía y fotografía. José Mederos Sigler. $15.99
200. *La acrobacia del minotauro*. Poesía. Jesús Machado Espinosa. $7.99
201. *La casa mía*. Infantil ilustrado. Alessandro Masoni. $9.99
202. *La catedral del Tiempo*. Narrativa. José Antonio Martínez Coronel. $10.50
203. *La corte de los lobos*. Narrativa. José Luis Riverón Rodríguez. $9.99
204. *La cosa roja*. Narrativa. Luis Felipe Ruano. $9.99
205. *La culpa no fue de Dios*. Narrativa. Andrea García Molina. $5.99
206. *La Estancia, apuntes y recuerdos de Albert Gagnon-Beyle*. Narrativa. Jesús Alberto Díaz Hernández. $9.99
207. *La fiesta de la reina ortografía*. Narrativa infantil. Ronel González Sánchez. $7.99
208. *La frágil memoria de la semana*. Poesía. Elizabeth Álvarez Hernández. $5.38
209. *La furia de los vientos*. Testimonio. Pedro Armando Junco. $12.99
210. *La Gallina golondrina*. Infantil ilustrado. Norge Sánchez. $9.99
211. *La gruta del lobo*. Narrativa. de Hamlet Gómez. $12.99

212. *La Habana convida. Antología poética por el 500 aniversario de la ciudad.* Eduardo René Casanova Ealo y 79 poetas. Edición de lujo. $70.00
213. *La Habana convida. Antología poética por el 500 aniversario de la ciudad.* Eduardo René Casanova Ealo y 79 poetas. Edición estándar. $15.99
214. *La Hechicera.* Narrativa. Yasmín Sierra Montes. $9.99
215. *La herencia de los buenos muertos, compilación de obras presentadas al Concurso Internacional de cuentos.* Compilación. Eduardo René Casanova Ealo. $19.00
216. *La isla de las hormigas rojas.* Poesía. Luis Mariano Estrada (Lewis). $5.99
217. *La isla del espanto y otros cuentos.* Narrativa. de Gisela Lovio. $12.99
218. *La isla preterida.* Poesía. Miladis Hernández Acosta. $23.60
219. *La Larga.* Narrativa. Ángel Osiris Milián. $15.99
220. *La luna frente al espejo.* Poesía. Luis Mariano Estrada (Lewis). $7.99
221. *La música del árbol.* Poesía. Adalberto Hechavarría Alonso. $6.99
222. *La oscura escalera.* Novela. Ramón Díaz-Marzo. $6.99
223. *La patria es una naranja.* Poesía. Félix Luis Viera.$8.99
224. *La peña de Horeb.* Poesía. José Antonio Martínez Coronel. $6.99
225. *La plaga en el valle del Belanús.* Novela. Manuel Quintero Pérez. $9.99
226. *La sangre del marabú.* Narrativa. Argenis Osorio Sánchez. $7.99
227. *La sombra de Sísifo.* Poesía. José Antonio Martínez Coronel. $5.99
228. *La sombra que pasa.* Poesía. Miladis Hernández Acosta. $7.99
229. *La veda del dinosaurio.* Narrativa. Edgar Estaco Jardón. $5.99
230. *La venganza del contrario.* Narrativa. Odalys Leyva Rosabal. $7.99
231. *La vida húmeda.* Cuentos. Carlos Alberto Casanova. $7.99

232. *La violencia para vivir, la muerte es el alivio*. Ensayo. Dr. Octavio Gárciga Ortega. $15.99
233. *La virgen sumergida o cómo mataron a Charo*. Narrativa. José Luis Riverón Rodríguez. Edición a todo color. $30.00
234. *La virgen sumergida o cómo mataron a Charo*. Narrativa. José Luis Riverón Rodríguez. Edición estándar. $9.99
235. *Las arenas del tiempo*. Poesía. José Antonio Martínez Coronel. $5.80
236. *Las colinas de Potomac, antología mínima*. Poesía. Eduardo René Casanova Ealo. $15.99
237. *Las dunas de la espera*. Poesía. José Antonio Martínez Coronel. $5.58
238. *Las hadas calzan botas*. Poesía infantil ilustrada. Clara Lecuona Varela.$12.99
239. *Las Hijas de Sade*. Novela. Guillermo Vidal y Maria Liliana Celorrio. $9.99
240. *Las náufragas porfías*. Ensayo sobre la obra de Dulce María Loynaz de Miladis Hernández Acosta. $7.99
241. *Las rosas que mañana (un museo para Dulce María)*. Poesía. Mariana Enriqueta Pérez Pérez. $7.99
242. *Las sendas escabrosas*. Poesía. Yasmín Sierra Montes. $5.50
243. *Las tablillas de Diógenes*. Poesía. Eduardo René Casanova Ealo. $7.26
244. *Laurel y orégano, la hora en que no muere nadie*. Narrativa. Marié Rojas Tamayo. $19.99
245. *Laverna*. Poesía. J. W. Riter. $5.99
246. *Lengua de sapo, relatos hiperbreves*. Narrativa. Edgar Estaco. $9.99
247. *Levitas del siglo XXI*. Ensayo. José Luis Riverón Rodríguez. $7.99
248. *Libro de los prójimos*. Poesía. Miladis Hernández Acosta. $7.99
249. *Libro negro del desencantado*. Poesía. Eduardo René Casanova Ealo. $12.99
250. *Los años del principio*. Novela. José Gutiérrez Cabanas. $15.99

251. *Los blancos territorios, antología creciente.* Poesía. Miladis Hernández Acosta. $17.99

252. *Los caminos del agua.* Poesía. Armando López Carralero. $5.99

253. *Los cerezos de tu vientre.* Novela. Yasmín Sierra Montes. $15.99

254. *Los Césares perdidos.* Poesía. Odalys Leyva Rosabal. $6.99

255. *Los cuentos más tontos del mundo.* Narrativa. Ronel González Sánchez. $9.99

256. *Los días nuestros.* Poesía. Mayda Milián Ortiz. $6.99

257. *Los enanos de corazones.* Cuentos. Aymee Corominas. $5.99

258. *Los hilos de Ariadna.* Narrativa. José Antonio Martínez Coronel. $15.50

259. *Los imponderables reinos.* Poesía. Miladis Hernández Acosta. $5.99

260. *Los independientes de color.* Poesía. Armando Landa Vázquez. $9.99

261. *Los mapas del tiempo.* Poesía. Álex Padrón. $10.00

262. *Los maravillosos viajes de Globito.* Infantil ilustrado. Clara Lecuona Varela. $12.99

263. *Los misterios de la torre: El muerto del pozo.* Novela. Mario Luis López Isla. $9.99

264. *Los Naranjos.* Novela. Salomón Leroux. $9.99

265. *Los números.* Ilustrado para niños. Narely Plasencia Rodríguez. $9.99

266. *Los ojos tras la ventana.* Cuentos. Roberto J. González. $7.99

267. *Los peces no lloran.* Poesía. Julián Dimitri Tamayo Carbonell. $7.99

268. *Los remedios de Remedios.* Crónicas. Roberto Santiago González. $19.99

269. *Los sutiles vástagos*: poemas dispersos. Poesía. Milho Montenegro. $5.80

270. *Love Trough Time, History and Mystery.* Novela. Salomón Leroux. $9.99

271. *Luna de aire*. Poesía infantil ilustrada. Yolanda Felicita Rodríguez Toledo.$9.99

272. *Lunaciones, antología personal*. Poesía. Rafael Vilches Proenza. $7.99

273. *Lunes primero*. Narrativa. Pablo Virgili Benítez. $5.99

274. *Luz de apocalipsis*. Poesía. Armando López Carralero. $7.99

275. *Luz de mágica sombra*. Poesía. Yasmín Sierra Montes. $5.90

276. *Luz y polvo en el granero*. Poesía. Reinol Cruz Díaz. $5.99

277. *Madre de cal*. Narrativa. Yasmani Rodríguez Alfaro. $ 7.99

278. *Malas palabras*. Poesía de Norge Sánchez. $7.99

279. *Manet y el paraíso de las pesadillas*. Novela. Titania Dreamer. $9.99

280. *Maravilloso zoológico*. Ilustrado para niños. Pilar Doris Gálvez Martínez. $12.99

281. *Más solo que la Luna*. Narrativa. José Alberto Collazo Oramas. $5.99

282. *Máscaras*. Poesía. Lázaro Alfonso Díaz. $5.99

283. *Mata*. Novela. Raúl Aguilar. $6.99

284. *Mataperros*. Novela. Manuel Pereira. $9.99

285. *Me declaro inocente*. Cuentos. Pedro Pablo Morejón López. $7.99

286. *Memorias de un kamikaze*. Poesía. Jorge Yassel Valdés Reyes. $6.99

287. *Memorias del abismo*. Poesía. Miladis Hernández Acosta. $5.99

288. *Miami, mi rincón querido. Antología ilustrada de cuento y poesía*. Eduardo René Casanova Ealo. $32.99

289. *Mirar, sufrir, gozar...La Habana*. Novela colectiva. Coordinador del proyecto: Lázaro Díaz Cala y Yoss. $11.99

290. *Misa de ratones: nueve monólogos teatrales*. Teatro. Edgar Estaco Jardón.$7.99

291. *Mitos y realidades*. Novela testimonio. José Ramón Crespo Jiménez. $7.99

292. *Modelando el verso*. Poesía. Salomón Leroux. $7.99

293. *Momentos*. Poesía. Bárbara Olivera Más. $5.99

294. *Morir en el fin del mundo*. Narrativa. Amador Hernández Hernández. $12.99
295. *Mujer de tinta*. Poesía. Amelia Apolinario. $7.99
296. *Mujeres con testículos*. Narrativa. José Alberto Collazo Oramas. $9.99
297. *Mundo invisible. Poesía para todas las edades*. Ronel González Sánchez. $15.99
298. *Mundos paralelos y otros cuentos*. Narrativa. Gisela Lovio. $9.99
299. *Muros y otras historias del fin del mundo*. Narrativa. Clara Lecuona Varela. $5.99
300. *Músicos ambulantes*. Cuentos. Barbarella D´Acevedo. $9.99
301. *Nadar entre dos aguas*. Narrativa. José Alberto Collazo Oramas. $9.50
302. *Naufragios de la noche*. Poesía. Clara Lecuona Varela. $799.
303. *Navegación Impasible*. Poesía. Eduardo René Casanova Ealo. $7.99
304. *Nietzsche, el mecenas*: *Yo no soy un hombre, soy dinamita*. Ensayo. Ángel Velázquez Callejas. $9.99
305. *No despierten a las mariposas*. Narrativa infantil. Teresa Medina Rodríguez. $7.99
306. *NoSéDónde y el País de las cosas perdidas*. Literatura para jóvenes. José Luis Riverón Rodríguez. $20.00
307. *Noventa minutos: Poemas y narraciones sobre fútbol*. Carlos Esquivel. $7.99
308. *Nuevos cortos del Pichi*. Narrativa. Rolando González Gil. $7.99
309. *Orgullo de isla*. Cuentos. Fernando Lobaina Quiala. $7.99
310. *Orgy o fear, Orgía del miedo*. Poesía bilingüe. Ismael Sambra. $7.99
311. *Otro invierno sin fósforos*. Poesía. Edgar Estaco Jardón. $5.99
312. *Otros siete contra Tebas, entrevistas*. Entrevistas. José Luis Riverón Rodríguez y Yari Amedo. $9.99
313. *Pa´Cuba ni muerto*. Testimonio. Norge Sánchez. $9.00
314. *Pagar para ver*. Novela. Frank Correa. $12.99

315. *Páginas finales de la náusea*. Teatro. Miguel Terry Valdespino. $8.99
316. *País sin moscas y otros poemas*. Poesía Edición tapa dura. Félix Anesio. $19.99
317. *País sin moscas y otros poemas*. Poesía. Félix Anesio. $10.99
318. *Palabras en el vino*. Poesía. Alejandro Tomás Román Olivera. $7.99
319. *Pan con mantequilla*. Cuentos. Ramón Díaz-Marzo. $8.99
320. *Pasajero del olvido*. Poesía. Manuel González Busto. $7.99
321. *Paulette*. Cuentos. Osvaldo S. Reina Rodríguez. $9.99
322. *Pequeño diario de la Gran Zafra*. Testimonio. Carlos Julio Larramendi Rodes. $10.99
323. *Pero no me toques*. Narrativa. Bertha María Gómez Sedano. $5.99
324. *Perversas mujeres contra el muro. Colección erótica de cuentos*. Odalys Leyva Rosabal. $19.99
325. *Pesadilla, tragedia y fantasmas de neón*. Cuentos de ciencia ficción. Álex Padrón. $7.99
326. *Pesquería lunar*. Poesía infantil ilustrada. Jorge Morales Morales.$5.50
327. *Philosophia Naturalis Principia Poética Matemática*. Poesía. Armando Landa Vázquez. $7.50
328. *Piano Afinado*. Poesía. Norge Sánchez. $7.99
329. *Piedra para Obatalá*. Ensayo. Yoel Enríquez Rodríguez. $7.99
330. *Piedras a los varones*. Cuentos. Taimi Dieguez Mallo. $7.99
331. *Piezas para reparar un trino*. Teatro. René Fuentes. $9.99
332. *Pilares extendidos: diez maneras de conocer a José Martí*. Ensayo. Daniel Céspedes Góngora. $8.00
333. *Poemas breves para niños traviesos*. Poesía. Ángel Larramendi Mecías. $5.99
334. *Poetas cubanos en canarias. Antología*. Juan Calero Rodríguez. $9.99
335. *Por culpa del amor*. Novela. Teresa Medina Rodríguez. $15.99

336. *Por el camino verde:* Apreciación en décimas a la obra de José Suárez Verde. Ensayo. José Luis Riverón Rodríguez. $18.99
337. *Porque la lluvia no cesa.* Poesía. Yolanda Felicita Rodríguez Toledo. $5.99
338. *Porque los muros ya tienen moho.* Poesía. Yakelín Cárdenas García. $7.99
339. *Primigenios, el cuerpo lírico de una nación.* Semanario compilado por Eduardo René Casanova Ealo. $7.99
340. *Profecía maldita.* Novela. Rafael Martínez Castellanos. $7.99
341. *Puertas, boleros y cenizas.* Poesía. Yuray Tolentino Hevia. $6.99
342. *Pura coincidencia.* Cuentos. José Luis Pérez Delgado. $7.99
343. *Quirubín, el de Changa.* Novela. Noelio Ramos Rodríguez. $7.99
344. *Rabota.* Narrativa. Armando Landa Vázquez. $7.00
345. *Rani y la charca misteriosa.* Novela juvenil. Ana Rosa Díaz Naranjo. $9.99
346. *Recapitulación.* Poesía. Dorge Rodríguez Hernández. $7.99
347. *Retablos.* Poesía. Pedro Evelio Linares.$12.99
348. *Retazos.* Poesía. Ana Ivis Cáceres de la Cruz. $7.99
349. *Revisitación al Monte Fuji.* Poesía. Armando Landa Vázquez. $10.99
350. *Revolicuento*.com Cuentos. Rafael Grillo. $9.99
351. *Revoloteos.* Infantil ilustrado. María Ondina Niebla. $14.99
352. *Rizoma.* Cuentos. Alfredo Pérez Muñoz. $7.99
353. *Rostros de Hollywood en La Habana.* Crónicas. Leonardo Depestre Catony. $9.99
354. *Rostros.* Cuentos. Lisbeth Lima Hechavarría. $7.99
355. *Russian Brindis.* Teatro. Juan José Jordán. $5.99
356. *Salmos por Denisse.* Poesía. Yolanda Felicita Rodríguez Toledo. $3.99
357. *Salsiquieres city.* Narrativa. Teresa Medina Rodríguez. $5.99
358. *Saltarina y el majá rastrero.* Infantil ilustrado. Delsa López Lorenzo.$13.99

359. *Santa Fe y otros relatos teatrales*. Teatro. Edgar Estaco Jardón. $10.00
360. *Secuelas del caos*. Poesía. Ana Ivis Cáceres de la Cruz. $9.99
361. *Secuestro*. Policíaco. Ada Ofelia González Rizo. $9.99
362. *Sexualidad femenina, el paraíso del placer*. Dr. Octavio Gárciga Ortega PhD. $12.99
363. *Siéntate y mira: Crítica, comentarios y ensayos sobre cine*. Crítica cinematográfica. Daniel Céspedes Góngora. $10.99
364. *Silencios de un especial periodo*. Poesía. Juan Francisco González-Díaz. $5.99
365. *Simplemente José Antonio*. Cuentos. Julio Alberto Medel. $9.99
366. *Sin oxígeno, sin Cristo*. Cuentos. Rogelio Riverón. $9.99
367. *Solo en medio del mundo*. Poesía. Norge Sánchez. $5.99
368. *Subdesarrollo Pérez, ¡Qué envolvencia!, El arte de la simulación*. Arístides Pumariega y Rebeca Ulloa. $12.99
369. *Temblor de hoja rota*. Poesía. Armando López Carralero. $7.99
370. *Thanatos y Eros*. Poesía. Álex Padrón. $7.99
371. *The Watchers*. Novela (en inglés). Asley L. Mármol. $15.99
372. *Tiempo*. Poesía de Bernardo Javier Castro Reyes. $7.99
373. *Todas las madrugadas*. Narrativa. Manuel Roblejo Proenza. $5.99
374. *Todos vivimos en Oz*. Cuentos. Edición de lujo. Marié Rojas Tamayo. $40.00.
375. *Todos vivimos en Oz*. Cuentos. Edición estándar. Marié Rojas Tamayo. $12.99
376. *Torres de marfil*. Narrativa. Yonnier Torres Rodríguez. $7.99
377. *Trampas de amor*. Poesía para niños. Carlos Ettiel. $14.99
378. *Tras el telón de celuloide*: *Acercamiento al cine cubano*. Crítica cinematográfica. Antonio Enrique González Rojas. $7.00
379. *Traumas*. Cuentos. Osmel Iglesia. $7.99
380. *Travesía al desnudo*. Poesía. Wendy Calderón Veloso. $5.99
381. *Tus luces sobre mí*. Narrativa. Maritza Vega Ortiz. $7.99
382. *Un grafiti en los ladrillos*. Poesía. Hansrruel Aldana Cabrera. $5.99

383. *Un pueblo con suerte*. Ilustrado para niños. Andrés Cobo García. $9.99
384. *Un rey sin corona*. Novela. Frank Correa. $7.99
385. *Un tren delirante*. Novela. Alina Moreno. $9.99
386. *Un triste cepillo de dientes*. Narrativa. Norge Sánchez. $7.99
387. *Una ciudad sin lágrimas*. Miriam Peña Leyva. $5.99
388. *Una cosa es con guitarra*. Poesía. José Luis Rodríguez Alba. $5.99
389. *Una mujer es...* Poesía. Juan Francisco González-Díaz. $5.50
390. *Uno por aquí y yo, en la pandilla del barrio*. Novela. Noelio Ramos Rodríguez. $7.99
391. *Uvas para llevar a la boca*. Poesía. Lucy Maestre. $7.99
392. *Valbanera: Naufragio, misterio y leyenda*. Ensayo. Mario Luis López Isla. $12.99
393. *Vértigos*. Poesía. José Poveda Cruz. $5.99
394. *Vienen... vienen los americanos*. Cuentos. Rebeca Ulloa. $7.99
395. *Viento de cenizas*. Poesía. Miladis Hernández Acosta. $8.99
396. *Xarahlai La Gitana*. Narrativa. Xiomara Maura Rodríguez Ávila. $9.99
397. *Y a todo a media luz*. Narrativa. Teresa Medina Rodríguez. $6.99
398. *Ya comienza el otoño*. Haikus. Lázaro Alfonso Díaz Cala y Aida Elizabeth Montanarro Torres. $5.99
399. *Yo también soy ellas*. Poesía. Yuray Tolentino Hevia. $5.99

EDITORIAL PRIMIGENIOS
CORPUS LÍRICO DE UNA NACIÓN

www.ingramcontent.com/pod-product-compliance
Lightning Source LLC
LaVergne TN
LVHW050559160826
845677LV00011B/2382

* 9 7 9 8 8 4 5 9 8 9 9 6 3 *